ドラコニアの夢

澁澤龍彦
東 雅夫＝編

角川文庫
20785

目次

戦後まもなく、フランス幻想文学の翻訳家として出発し、やがて文学のみならず美術からオカルティズムにまで及ぶ西欧異端文化紹介のカリスマとして絢爛《けんらん》たる著述活動を展開、早すぎる晩年には奔放《ほんぽう》奇抜にして典雅《てんが》な物語作家としての才能をも開花させた、不世出の文人・澁澤龍彥――没後三十年余を経た現在の目から眺めるとき、彼が遺《のこ》した変幻自在な文業は、川端康成や稲垣足穂から石川淳、安部公房、三島由紀夫らへと受け継がれたモダンでスタイリッシュな昭和文学の掉尾《ちょうび》を飾る文豪の名に価するだろう。

みずからドラコニア（龍彥の国）と称したその魅惑的な文学世界は、眼前の現実を超えた美と幻妖と驚異を求めてやまない人々の行く手を照らす篝火《かがりび》となって、鉱物の煌《きら》めきにも似た澄明《ちょうめい》な光を、いまなお皓々《こうこう》と放ちつづけている。

本書は、〈文豪ストレイドッグス〉をはじめとするコミックやアニメ、あるいはゲームによって、名だたる文豪たちの魅力に目覚めた若い読者諸賢に向けて、新たに企画編纂された澁澤文学のアンソロジーである。

コンセプトは「澁澤龍彥×文豪」――古今東西の文豪たちを縦横無尽に論じたエッセイの数々を中核に据え、巻頭には〈文豪ストレイドッグス〉の出現をさながら予見させるかのごとき作品群を、巻末には最大の理解者であった三島由紀夫とともに、大いなる先達・泉鏡花の魅力について愉しげに語らう対談を、それぞれ収録している。

澁澤龍彥入門の書として、さらには本書で言及される文豪たちへの水先案内の書として、御愛読・御活用いただけたら幸いである。

（編者しるす）

三つの髑髏

平安中期の名声ならびなき陰陽博士として、貴族社会に隠然たるオカルティストの力をふるっていたばかりか、すすんで摂関家の権力にも近づいていたらしい安倍晴明は、じつは当時の秘密警察の長官のような役割をはたしていた人物ではなかったろうか、という意見があるそうだ。晴明が秘密警察の長官ならば、彼の手足のように暗躍していたといわれる目に見えない式神《しきしん》は、さしずめ組織の中核となる忍者のごとき行動隊員でもあったろうか。なるほど、そう考えれば、寛和二年六月二十二日夜、藤原道兼にそそのかされて、十九歳の花山天皇がひそかに宮中をぬけ出し、徒歩で元慶寺におもむいて、その翌日、あっさり天皇の地位をなげうって剃髪してしまったという事実を、土御門の邸にありながら、あらかじめ晴明が知っていたという『大鏡』の記述も、もっともなことだと納得させられる。晴明は天文の変によって事件を予知したことになっているが、なんのことはない、彼自身が藤原兼家一門の陰謀の片棒をかついで、天皇の脱出劇のお膳立てをしていたのかもしれなかったのである。

秘密警察といっても、むろん、今日のＣＩＡやＫＧＢのような大きな組織を想像するのは間違いだろう。京都の市街地はせまいし、山科の元慶寺が遠いといったところで、内裏からせいぜい十数キロの道のりにすぎない。おそらく、要所要所に手勢を配置するのに、秘密警察の長官はそれほど苦労しなかったはずである。晴明の配下とはべつに、源満仲の郎等が天皇の一行をひそかに護衛したということも、今日では史家によって認められているところではないか。

もっとも、こういう仮説を立てることによって、オカルティストとしての安倍晴明の威信にいちじるしく傷がつくような気がするのは、いくらか私として残念でないこともない。ことさらに神秘めかそうというつもりはないにせよ、やはり晴明は政治の世界からは超然とした、学問と魔術にのみ専念する、闇の領分の支配者であってほしいという気持が私にあるからであろう。

それはともかくとしても、すでに大江匡房が『続本朝往生伝』のなかで指摘しているように、この時代に多くの桁はずれの人材が輩出しているということには、まことに驚くべきものがあるといわねばならぬであろう。匡房は二十の分野で八十余人の名前をあげているが、これにいちいちつき合っているわけにもいかないので、私はとくに上宰(大臣)における藤原道長、九卿(公卿)における藤原公任、和歌における曾禰好忠、陰陽における安倍晴明、学徳(学僧)における源信の名をあげるだけにしておこう。一方には道長のような、底ぬけに明るい現世の権力者がいたかと思うと、もう一方には晴明のような、闇の領分を支配する魔王めいたオカルティストがいた。柳田國男が御伽衆の元祖として白羽の矢を立てている曾丹こと曾禰好忠のごときも、この時代の特異な才能として、非力ながら文化史的には逸すべからざる人物のように私には思われる。そしてこれら綺羅星のごとき人物たちの背後から、匡房は名前をあげてはいないけれども、あの一代のアンファン・テリブルともいうべき花山院のほの白い謎めいた貌が、透かし模様のように浮かびあがってくるのだ。そこが私にはおもしろい。

もし純粋天皇という観念が日本の歴史上のどこか一点で成立するものだとすれば、この花山院こそ、まさにそれにふさわしい観念の体現者ではなかったろうかと私は考える。つまり、自分で天皇をやめてしまった天皇、天皇でありながら、自然に天皇の地位からはみ出してしまった天皇である。十九歳で剃髪してしまってからも、院はなお二十年、権力とはまったく縁のない法皇として生きつづけるが、その短い生涯はどこから見ても申し分なく滅茶苦茶であった。その滅茶苦茶な行動がまたいかにも天皇らしいといえば、それも一つのパラドックスになるだろうか。ともあれ、その狂気、その奇行、その好色乱倫、その風流、そのひたむきな仏道修行、すべてが院をして、いわば天皇以上に天皇らしい一つの無垢な人格の具現者たらしめるのに十分なのである。あえて奇矯な言辞を弄するならば、院は日本の歴史の上でほとんど唯一の、自己否定した天皇という名に値する人物であるかもしれないのである。まあしかし、こんなことをいつまで書いていても切りがないから、花山院をめぐる埒もない私の夢想はこのへんでやめることにしよう。そして、もっと具体的なことを書くことにしよう。

花山院の奇行に関するエピソードは、その乱脈をきわめた女性関係から、その異装好み、その馬に対する奇妙な偏愛にいたるまで、あるいはまた、飼っていた猿を犬の背に乗せて町を走らせたとか、賀茂の祭礼の日に、取巻きの大童子や中童子どもを指嗾して、参議藤原公任の乗っていた車に乱暴狼藉をはたらいたとかいったことにいたるまで、いくつとなく語り伝えられているけれども、とくに私がここに採りあげたいと思うのは、次の二つのことである。

その一つは、寛弘三年十月五日、父の冷泉院の御所であった南院が火事で焼けたとき、その火事見舞に花山院が駈けつけた際の服装である。『大鏡』の記述によると、院は馬に乗り、「いただきに鏡入れたる笠」を阿弥陀かぶりにしていたという。

鏡には一種の魔力があって、近づく妖魅のかくれた本性をそのなかに映し出すという、神仙思想あるいは道教に基づいた信仰があることはある。『抱朴子』の「登渉篇」は、山にはいって修行する道士たちに、径九寸以上の明鏡をたずさえて行くことをすすめているし、わが国の山岳修道者たちのあいだにも、古来、入山に際して鏡を背に負うという習わしがあった。しかしそれにしても火事見舞に鏡とは、やはり判じ物のように不可解であって、私たちはこれをどう解釈してよいか一向に分らない。もしかしたら、若き日の織田信長が腰のまわりに瓢簞をぶらさげたように、院はただ意味もなく、奇抜な恰好をして人目をそばだたせることを喜んだだけなのかもしれない。むしろそう解釈するほうが事の真相を射あてているのではないか、という気が私にはするほどなのである。

いずれにしても院の頭の上で、鏡は陽を浴びてきらきらと輝いたことであろう。

もう一つは、長徳三年四月十七日、前に述べた賀茂の祭における濫行事件の翌日、院が左右に例のごとく屈強の若者をしたがえて、ふたたび車で紫野のあたりに押し出した際のアクセサリーである。これも『大鏡』の記述だが、院はふしぎな数珠を首にかけていたという。すなわち、「小さな柑子を、大方の玉には貫かせたまいて、達摩《だつま》には大柑子をしたる御数珠、いと長く、御指貫に具して出ださせたまえりしは云々」とある。

小さな蜜柑をつらねて紐に通し、ところどころ大きな蜜柑を親玉にした、新趣向の数珠をぐんと長くして、院はそれを袴とともに、牛車の外にまで垂らしていたという。要するに、引きずるほどの長いネックレスだと思えばよいであろう。これも、あるいはなにか理由があった上でのことかもしれないが、私にはむしろ、純粋な造形的関心が、院をしてこのようなアクセサリーを採用せしめたのではないかという気がする。まさに生きた果実のオブジェであって、斬新なアイディアというべきであろう。私はほとんど確信しているのだが、院にはその気質のなかに、オブジェ愛好とでもいうべき傾向があったのではないだろうか。つやつやしたオレンジ色の蜜柑のつらなりは、あの笠に入れて頭上にのせた鏡とひとしく、意味のない一つのオブジェとして、ひときわ美しく春の陽に照り映えたにちがいないのである。

もっとも、この柑橘類の果実のアクセサリーに先例がないわけではない。大伴家持は『万葉集』巻第十八で、田道間守《たじまもり》が常世の国から持参したという橘の実について、「あゆる実は、玉に貫《ぬ》きつつ、手に纏《ま》きて、見れども飽かず」と歌っている。ただ、家持には果実の数珠というイメージはなかったであろうし、これをぐんと長くして、車の外に押し垂らすというアイディアまでは思い浮かばなかったであろう。

「この花山院は風流者《ふりゆうざ》にさえおわしましけるこそ」という『大鏡』のなかの評語がよく引用されるが、たしかに院は後年、あのローマのペトロニウスのように「趣味の判者」として、道長を中心とする宮廷人士から重んじられていたようであり、また当時の画家や工芸家のパトロンとして、奇抜なアイディアをぞくぞく提供していたようである。風流者とは、意匠家あるいは考案家といったほどの意味らしい。歌合の会場に運びこまれる洲浜のように、自然の景観を縮小した装飾そのものを風流《ふりゆう》という場合もあった。風流とは、風流な趣きのある物自体、すなわち珠玉とか、造花とか、鏡とか、調度とか、器具とかを直接に意味していたのである。また風流車などという意味もあって、これは賀茂の祭のとき、今日の祇園祭における山鉾のように、さまざまな飾りつけをして繰り出した車を意味していた。つまり風流車とは、オブジェを積んだ物見車のことであった。

蜜柑の数珠を押し垂らした花山院の物見車も、そう考えれば、一種の風流車にほかならず、これを演出した風流者としての花山院の気質に、私たちは否応なくオブジェ愛好の傾向を認めるのである。

*

花山院が東の院に住みついて、ひろく世間の噂話の種になるような、奔放な女性関係を次々にむすびはじめたころのことである。ごく若い時分からの持病といってもよかった頭風《ずふう》が、ひとしきり、はげしく院を悩ませた。ことに雨気のある日には、悩みは一層はげしく、さまざまに医療の手をつくしても、一向にきき目があらわれない。

頭風とはなにか。『五体身分集』によれば、「頭痛み、目くるめき、面ふるう」とあり、さらに「風吹き天くもる時は、いよいよ頭鼻痛むとみえたり」とある。『素問経』に「千病万病、風にあらざる病はなし」とあるように、当時はすべての病気が風によって起ると考えられていたから、頭風なるものの実体も、私たちにはさっぱり分らない。まあ、ここでは偏頭痛のようなものだと思っておけばよいであろう。花山院のような性格の不安定なインテリには、鬱陶しい季節によく偏頭痛が起る。医療に効果がないとなれば、院の頭や鼻はいよいよ痛んだにちがいない。

このような場合に、とるべき最後の手段は一つしかない。すなわち陰陽博士安倍晴明を召して、悩みの原因を占術によって明らめさせることである。

晴明は延喜二十一年の出生と推定されているから、このころ、すでに七十数歳の老齢だったはずである。しかし一見したところ、彼には年齢がないかのようである。三十代の壮年からそのまま七十代の老年に移行したようで、頭髪はすっかり白くなっているものの、顔の皮膚には皺がなく、陶器のように妙な光沢《つや》さえあった。目にはあやしいまでに光があった。とりわけ、その発する声は若々しいソプラノで、年齢どころか性までも、彼においてはすでに分明ならざるものになっているかのごとくであった。

院は知らないが、十年ばかり前に、晴明は藤原兼家一門と気脈を通じて、院を天皇の座から引きずりおろす陰謀に加担したことがあった。それでも院を裏切ったという気持が、晴明には少しもないのだった。この芸術家肌の法皇に晴明は多大の好意を寄せていて、詐術と背信の渦巻く宮廷から、むしろ彼を救い出してやったという気持のほうが強かったからである。院のような無垢な魂は、宮廷を去るべきだと晴明は考えていたのである。

泰山府君を祭って斎戒沐浴してから、或る夜、晴明は天文を見た。式盤《ちょくばん》をまわして慎重に占った。それから東の院に伺候して、病臥中の花山院の前にすすみ出ると、次のように奏聞した。

「おそれながら、わが君のおん前生《さきしょう》は、某と呼ぶ小舎人《こどねり》ときわまりました。このもの、七歳で馬に蹴られてあえなくなりましたが、死ぬまで馬をあわれむことはなはだしく、その功徳によって、今生《こんじょう》には天子と生まれ変ったのでございます。」

晴明の言葉を聞くや、たちまち院の瞼の裏に、いままで思い出したこともない記憶のなかの一つのシーンが、まるで深い井戸の底から浮かびあがってきたかのように思い浮かぶのだった。それは自分がまだ七歳くらいの幼いころ、清涼殿の東庭で、左右の馬寮から引き出された馬を眺めている情景であった。七歳の院は馬がいとおしくてならなかったが、お付きの女房に手をしっかり握られているので、馬の近くに寄ることができないのである。ただそれだけの情景が、無限に遠いところの空間に浮かんだ一つの絵のように、院の瞼の裏にぼんやり映し出されたのである。……

晴明のソプラノが、このとき院の夢想を中断した。

「しかるに、この死んだ小舎人の髑髏が、いまや竹林の穴に落ちこみ、雨気ある時には、竹の根がのびて髑髏を突きたてまつるによって、わが君のおん頭に、かくは痛みが感ぜられるのでございましょう。しかもこれ他の方法をもってしては、治療のこと叶いがたく、その髑髏を取りおさめ、安き場所に置かれたならば、必ず御本復のこと、間違いございませぬ。髑髏の所在地は、しかじかでございます。」

「そうか。それなら、その場所へ人をつかわして、さっそく髑髏をさがしてこさせるとしよう。手厚く葬ってもやろう。」

院は気落ちしたように答えて、御簾越しに庭のはずれの築地の撫子を眺めやった。院がみずから種をまいた撫子は、初秋の薄い日ざしを浴びて、いま盛りであった。

晴明の占術はあやまたず、指定の場所に七歳の小さな髑髏はちゃんとあったし、その髑髏を清浄にして厨子におさめると、さしもはげしかった院の頭風の悩みも、忘れたように平癒した。

しかし、それから一年もすると、ふたたび前のように頭風の悩みが起って、院を戸惑わせるのだった。晴明の占術をゆめ疑うわけではないが、この執拗な頭風にはべつの原因があるのではないか、とも思われた。

またしても晴明が召されて、占術を所望された。むろん、晴明がこれを辞退するいわれはない。彼はおのれの占術に絶大の自信をいだいていたし、たとえ占術の結果が現実と背馳したとしても、それは仮借ない星宿の運行が、人間にはとても理解のおよばない、そのような矛盾にみちた結果を生ぜしめただけのことだと信じていたからである。

一日、晴明は東の院に伺候して、あらためて次のように奏聞した。

「おそれながら、わが君のおん前々生《さきさきしょう》は、某と呼ぶ後宮の女房ときわまりました。このもの、十六歳で赤瘡《あかもがさ》を病み身まかりましたが、死ぬまで仏道にはげむことひとかたならず、その功徳によって、前生には男子と生まれ変ったのでございます。しかるに、この女房の髑髏が、いまや烏にくわえられて樹の枝に運ばれ、雨気ある時には、雨の雫につらぬかれるによって、わが君のおん頭やおん鼻に、かくは痛みが感ぜられるのでございましょう。」

晴明の言葉を聞きながら、院はふっと頼りないような気分に落ちこむ自分を感じていた。それは自分の存在が急にあやふやになってゆくような、すこぶる落着きのわるい感覚であったが、そこに一抹のうしろめたい快味がないこともないような、どっちつかずの奇妙な意識の状態であった。そういえば、もうずいぶん昔、自分はたしかに女であったことがあるような気がする、しかも若い後宮の女房であったことがあるような気がする、と院は頭をふりながら気遠げに思った。

すると突然、頭蓋の奥から一粒の泡が立ちのぼったように、院の記憶のなかで一つのイメージが目ざめるのだった。それははなやかな歌合の会場で、いましも舎人や女蔵人《にょくろうど》たちが、精巧な綺羅をつくした文台や、員刺《かずさし》や、洲浜などを舁《か》き入れているところの情景であった。真紅の唐撫子を植えた前栽までが運びこまれているようである。女房たちのどよめきが聞える。院はそのとき、広間の一角に座を占めて、目の前に運びこまれた洲浜をつくづくと眺めていたような気がするのである。

じつをいうと、その洲浜は、このとき十六歳であった院が手ずから作ったもので、鏡を水となし、沈《じん》を置いて山となし、その山の上に、三月三日の草餅でつくった法師の像《かたち》を立てたものだった。鏡の水には船が浮かんでいるし、山の上には家があり、家のかたわらには樹があり、その樹には時鳥《ほととぎす》もとまっている。すべて瑠璃金銀でつくったもので、細工物は工芸家に注文したのだが、草餅でつくった法師の像だけは院の独創で、これまでにも類例がないのではないかと思われた。いま、おのれの苦心の作品が晴れの場で、あまたの上達部や殿上人や女房たちの讃歎の視線にさらされているのを見て、そぞろに心がおどってくるのを院はおぼえた。すると、そこに歌詠みとして知られた右近将監藤原長能がいざり寄ってきて、

「これはおもしろい洲浜だな。お嬢さん、あなたがつくったのですね。」

「はい。」

恥じらいながら、それでも嬉しさをかくしきれず、こう返事をしたのは、院そのひとであった。院はそのとき、十六歳の初々しい女房だったからである。いや、たしかにそ

んなことがあったような気がする。どうやら自分の前々生は女だったらしい。

長能はいたく気に入ったらしく、しばらく興ぶかげに洲浜をためつすがめつしていたが、やがて筆をとると、枝にとまった時鳥につけて、「都には待つひとあらん時鳥さめぬ枕の宿にしも鳴く」とさらさら色紙にしたためた。そんな情景までが、いつのまにか記憶装置に刻みこまれたデータのように、院の記憶の表面に次々に浮かびあがってくるのだった。……

晴明のソプラノによって、しかしながら、院の夢想はもろくも破られた。

「もはや重ねて申すまでもございますまいが、わが君のおん病い本復のためには、この女房の髑髏を取りおさめ、清浄なる場所に葬りたてまつる以外にはございませぬ。髑髏のある場所は、しかじかでございます。」

院はふたたび人をつかわして、その十六歳の娘の華奢な髑髏をさがし出させると、晴明の教えのままに、厨子におさめてねんごろに供養した。それとともに、あれほどはげしかった院の頭風の悩みも、嘘のようにぴたりとおさまった。

二度あることは三度あるという。それから数年たって、またしても頭風が院を悩ませはじめた時には、もう院はそれほど驚かなかった。むしろかえって、端倪すべからざる闇のなかに沈みこんでいる、自分の前生をとことんまできわめつくしたいという、探究心のようなものが湧いてくるのをおぼえるほどだった。輪廻の鎖をたぐってゆくと、はたして自分はどこまで遠く存在から存在へ旅しつづけているのか、まるで想像もおよばず、そらおそろしいような気がしてくるほどではないか。自分の前生が小舎人で、そのまた前々生が後宮の女房だったとすれば、さらにそのまた前々生には、いったい自分はどのような人間だったのであろうか。それをこそ知りたいものだ。

召された晴明は、その老いを知らぬ輝かしい目のなかに、思いなしか、わずかに悲しみの色を宿していた。彼はつねづね未来と過去をふくむ闇の世界の支配者をもってみずから任じていたが、実際のところ、その世界には、指一本ふれたことがないのだという ことを痛感しはじめていたのである。彼はただ、規則正しい星宿の運行を見て、出来事の予兆を知ることしかできない。予兆はどこまで行っても予兆で、ついに出来事そのものとは一致せず、出来事そのものには到達しないのである。彼はいつも出来事のあとを追いかけているにすぎないのである。

晴明は花山院の前にすすみ出ると、声をはげまして、次のように奏聞した。

「おそれながら、わが君のおん前々生《さきさきさきしよう》は、某と呼ぶ大峰の行者ときわまりました。このもの、二十五歳で熊野の谷に落ちて入滅いたしましたが、滝にて修行を積むこと千日間、その功徳によって、前々生にはやんごとなき女房と生まれ変ったのでございます。しかるに、この行者の髑髏が、いまや岩のあいだに落ち入り、雨気ある時には、その岩が水をふくんでふくらみ、髑髏を圧迫したてまつるによって、わが君のおん頭に、かくは痛みが感ぜられるのでございましょう。」

熊野という言葉を聞くやいなや、たちまち院の耳は沛然たる雨の音にみたされた。実際に雨の音を聞いたように思ったのである。それは正暦三年、すなわち院が二十五歳のみぎり、初めて熊野の山に奥ふかく分け入った時のなまなましい記憶であった。

杉木立の下は昼なお暗く、おまけに篠つく雨が厚い枝葉を通して間断なく降ってくるので、院の白の浄衣も狩衣も、兜巾も絹小袈裟も、肌が透けて見えるまでに濡れそぼっていた。院ばかりではない、扈従する入道中納言義懐も、入道左大弁惟成も、入道民部卿能俊も、元清阿闍梨も、恵慶法師も、それぞれ杖を頼りに、びしょ濡れになって黙々と歩をすすめていた。岩の道にはびっしりと苔がはえていて、ともすれば藁靴の足がすべりそうになる。雨滴は顔をつたって流れ、顎の先からしたたり落ちた。

先頭の入道中納言義懐がふりかえって、たまりかねたように、

「滝はまだか。」

案内者のひとりが答えて、

「まだでございます。さよう、あと三里ほどもございましょうか。」

「さっきも三里と申したではないか。いい加減なことばかり申すやつじゃ。」

院の記憶には、こんなシーンが切れ切れのフィルムのように、前後の脈絡もなしに、際限もなくつづいているような気がするのである。どこまで行っても雨また雨で、全体がぼうと水気に煙っているようでさえある。

ようやく那智の滝を眼前にする場所に着いたとき、にわかに雷鳴が起った。雷鳴は次第にはげしさを増して、紫色のジグザグの稲妻が、空をななめに切り裂き、滝壺の水に

くっきりと反映するまでになった。空と滝壺とが、いわば稲妻によって連結されたかに見えたのである。

そのとき、足下の岩を震動させて、一匹の龍が稲妻にのって天降るのを院は見た。院が龍というものを見たのは、むろん、この時が初めてである。ふしぎなことに、おそろしいとは少しも思わなかった。白銀の鱗をひらめかして、龍は一瞬にして滝壺のなかにすがたを消したかと思うと、ふたたび稲妻にのって天へ翔けのぼって行った。

「お前たちも見たか。あれはたしかに龍というものであろうな。」

「いいえ、目がくらんで、とんとおぼえませぬ。ただ、あやしい光りものが空を突っ切って、滝壺のなかにもぐりこんだと見えました。」

しかし、それがたしかに龍である証拠には、光りものの消えたあとに、ゆくりなくも三つの宝物の岩の上に残されているのが発見された。すなわち如意宝珠一顆、水精の念珠一連、九穴の蚫貝《あわび》一枚である。龍が院のために落して行ったものにちがいない。

九穴の蚫貝とはなにか。文字通り、穴が九つある蚫貝のことで、わが国にはきわめてめずらしく、一名千里光といい、これを食えば長生不老の徳を授かるという。まあ、仙薬の一種だと思えばよいだろう。近代の動物学者にいわせれば、九つも穴があるのはアワビではない、トコブシだということになろうが、そんな発言は無視することにする。

三つの宝物をえて、院はこれをどうしたか。供養を召し、末代行者のためにとて、如意宝珠を岩屋のなかにおさめ、念珠を千手堂の部屋におさめ、蚫貝を滝壺のなかに投げ入れた。のちに白河院が行幸せられたとき、この蚫貝をぜひ見たいと思って、海人《あま》を滝壺にもぐらせてみると、なんと貝の大きさは傘ほどもあったという。滝壺のなかでみるみる成長したのか、それとも最初からそんな大きさだったのか、それは知らない。

ところで、この蚫貝を滝壺に投げ入れる前に院が手にとったとき、殻のなかから、ころころと不意にころがり出たものがあった。アワビタマである。

青味をおびて光る直径一寸ばかりのアワビタマを、院は掌の上にのせて、つくづく眺めた。見れば見るほど、それは人間の頭蓋骨によく似ていた。髑髏のミニアチュール。バロックの真珠が、時に髑髏そっくりに見えるのは読者も御存じであろう。

もしかしたら、これは自分のはるかな前生の髑髏ではないだろうか、と院は考えた。輪廻の鎖をたぐってゆけば、はたして自分の遠い遠い過去がどんな人間であったか、今生の身には想像することもできかねるのである。なるほど、このアワビタマの頭蓋骨はごく小さい。神仙でもないかぎり、こんな小さな頭蓋骨をした人間はこの世にいなかろう。しかし小さいとか大きいとかいうことに、この場合、どんな意味があるというのだろうか。院は滝壺のほとりで雨に打たれつつ、そんなことをしきりに考えた。考えながら、なおもしげしげと小さなアワビタマを打ち眺めつづけた。……

「わが君は頭風のお悩みから解放されて、こころよくお眠りあそばしたようだ。どれ、私もそろそろ退出するとしようか。願わくは、この平和がわが君の上に末永くありますように。」

安倍晴明がそうつぶやいて、御前を引きさがったのも院は知らずに、ただ昏々と眠りつづけた。

晴明が願ったように、この時から院の頭風はふっつりと鳴りをひそめて、よもや二度と再発することはあるまいと思われた。おかげで院は心おきなく、女から女への愛欲生活に耽溺することもできたし、その風流者としての趣味生活をさらに充実させることもできた。こうして十年ばかりが過ぎ、院もどうやら四十の坂を越すことになった。

或る日、院は三つの廚子の扉をひらいて、なかから三つの髑髏をとり出した。久しぶりに僧侶を呼んで法会をいとなみ、三つの髑髏の追善供養をしてやろうと思い立ったのである。

とり出してみると、三つの髑髏はいずれも少しずつ、大きく成長しているように見えた。院は目を疑った。気の迷いではないかと思った。そんなばかなことがあるだろうか。死んでいるはずの髑髏が成長するなんて。しかし疑いようもなく、三つの髑髏はそれぞれ、その容積をいくらか増して成長しているように見えたのである。

そのことをわが目で確認すると、とたんに院の頭がきりきりと痛み出した。それは院みずからが知りすぎるほど知っている、あの十年前の頭風の痛みにほかならなかった。しぶといやつめ。またおれを苦しめる気か。院は唇をゆがめて、思わず呪いの言葉を吐き出した。それにしても、この呪いはだれに向けられた呪いであったろうか。

十年ぶりに召されて伺候した晴明は、すでに八十歳をとうに越え、まもなく九十歳に近づこうとしているはずであったが、相変らず彼においては年齢がないかのようで、張りのあるソプラノを玲瓏とひびかせていた。ふたりの童子に手を引かれてはいるものの、その足どりはしっかりしていた。しかしその目には、かつてはそれほど目立たなかった、かくし切れない諦観の色が濃くあらわれていた。その目をかたく閉じて、

「おそれながら申しあげます」と晴明が一本調子な声でいった、「わが君のおん前々々生《さきさきさきしょう》は、本朝第六十五代の天皇であらせられました。しかるに、かの君、おん年十九歳にて剃髪出家なされ、法皇となりたまいてより叡山熊野にて、ひたすら仏道修行におはげみになられ……」

晴明の声を聞いているうち、院の目の前は徐々にまっくらになっていった。もう自分がなにを聞いているのかも、どこにいるのかも、しかとは分らなくなっていた。気が遠くなって、自分の身体が無辺の空間にただよい出したように思われた。何千年も何万年も、そうして空間を浮遊しているような気がするのだった。このとき、すでに院の院としての意識はなくなっていた。完全になくなっていた。もしそこに意識が残っているとすれば、それは院のそれではなくて、なにかべつの人間のそれであった。べつの人間として生じた、一つの意識であった。

晴明は閉じていた目をひらくと、自分の目の前に、七歳ばかりの利発げな男の子がきちんとすわっているのを見て、思わず口もとをゆるめて微笑した。彼にもまだ、子供を見て微笑するだけの精神の張りは残っていたのである。

「頼朝公おん十四歳のみぎりのしゃれこうべ」という、周知の落語の一節が子供のころから好きで、私はよく、このテーマを自分なりに、いろいろに変化させて空想してみることがあった。

＊

大頭として有名な頼朝は五十二歳で死んでいるので、十四歳当時の髑髏というのは存在しうべくもない。しかし十四歳の髑髏がなければ五十二歳の髑髏はありえなかったのだし、五十二歳の髑髏のなかには十四歳の髑髏がふくまれているはずである。そもそも五十二歳の髑髏というのが偶然の結果にすぎず、かりに頼朝がもっと生きたとすれば、現在あるような五十二歳の髑髏はありえなくて、もっと高年の髑髏のなかに吸収されていたはずであろう。いや、人間が有機体として生きている以上、髑髏もつねに変化しているので、死ななければ髑髏はついに一定不変の形をもつことができないのだ。

なにも髑髏にかぎらず、成長するすべての有機体の部分において、いま私が述べたような関係は成立するわけなのだが、とくに人間の頭蓋骨を眺めると、そういう関係が際立っておもしろく感じられるのは、やはり私たち自身が死すべき人間だからにちがいあるまい。少なくとも博物館でマンモスの頭蓋骨を眺めても、こういうことは感じないのである。

しかし、こうして私がなにやら理窟っぽく述べていることも、もしかすると、私たちが古くから知っている「もののあわれ」という情緒を、いくらか違った角度から眺めているだけにすぎないのではないか、という気がしないこともない。私はイタリアのカプチン会の寺院で、何千という人間の頭蓋骨のあつめられているのを見たことがあるけれども、鴨長明や兼好法師は、べつに外国なんぞに行く必要もなく、そこらにころがっている野ざらしの髑髏をいつも目にしていたのではないか。

花山院の和歌はどれも子供っぽくて、あんまり感心しないものが多いようだが、一つだけ私のかなり気に入っている詠がある。それを次に引用して、この文章の締めくくりとしよう。『続拾遺集』巻第十八からである。

長きよのはじめ終りもしらぬまにいくよのことを夢に見つらむ

『続詞花集』では「いくそのことを夢と見つらむ」で、少しちがっている。むろん、前のほうがずっといい。

髑髏

わが家の応接間の飾り棚に、一個の髑髏が安置してある。ぽかりと開いた眼窩といい、亀裂が走ったような冠状縫合といい、黒々とした鼻中隔といい、乱れた歯並びといい、全体に象牙色をおびた色艶といい、まさに迫真の相貌である。わが家の来客は、この頭蓋骨に目をとめると、

「これは本物ですか」

と私にきくことがある。私は相手によって、時には大真面目な顔をして、

「もちろん本物ですとも。この色艶を見てください。模型だったら、とてもこうはいきませんよ」

と答えたり、にやにや笑いながら、

「さあ、本物かどうか、よく見て確かめてください」

と答えたり、また場合によっては、

「いや、これは本物を原型にした模型ですよ。どうかご安心ください。でも、よく出来ているでしょう」

と答えたりする。気の弱いお客さんを、あまりおどかしてはいけないという配慮がはたらくからである。

言うまでもなく、わが家の髑髏は模型である。しかし模型とはいっても、K大学医学部解剖学教室所蔵の実物を原型にして、Y造型研究所が製作した研究用のものだから、素人目にはまったく見分けがつかない、実物そっくりのものである。

私が髑髏を手に入れたいと考えるようになったのは、べつに物好きのためではない。よくヨーロッパの中世の木版画などに、机の上に置かれた頭蓋骨を、学者がじっと眺めている図があるのに気がついていたからである。中世の学者は死と馴れ親しむために、好んで頭蓋骨を身辺に置いたのだった。メメント・モリ（死を思え）というのが中世の合言葉である。私もまた、中世の学者にならって、日常坐臥、死を見つめていたいと考えるようになったとしても、ふしぎはあるまい。

しかし本物の頭蓋骨を私たちが所有するのは、法律的に禁じられているのである。刑法第一九〇条に「遺骨ヲ領得シタル者ハ三年以下ノ懲役ニ処ス」とある。ただし、死体解剖保存法というのがあって、その第一七条に「医学ニ関スル大学又ハ医療法ノ規定ニヨル総合病院ノ長ハ、医学ノ教育又ハ研究ノタメ特ニ必要ガアルトキハ死体ノ一部ヲ標本トシテ保存スルコトガデキル」とある。

まあいずれにしても、医学研究者でもない私たちには関係のないことで、法律を犯さないかぎり、本物の髑髏を入手することは私たちには不可能なのだ。たまたま、ある美術雑誌の広告欄に、Y造型研究所の広告が出ていたので、私はそこに電話をかけて、せめて模型の頭蓋骨を一つ注文することを思い立ったのである。なるほど、画家が人体のデッサンを研究するためにも、頭蓋骨の模型はぜひとも必要であろう。

「頼朝公十四歳のしゃれこうべ」という落語の一節は有名だが、私のところに届けられた頭蓋骨は、かなり大きなマッスのもので、立派な成人男子のそれであった。データも揃っているが、ここで公表するのは差控えたい。たとえ模型でも、死者のプライヴァシーを私は尊重したいのである。

織田信長が越前の浅井長政父子、また朝倉義景などを討ち滅ぼしてから、これら三人の髑髏を杯にして、柴田勝家をはじめ、家臣一同に酒を飲ませたというエピソードはよく知られていよう。いかにも日本のルネッサンスの武将にふさわしい、天をも恐れぬ悪魔的な所業のように見えるが、しかし、ひるがえって考えてみると、医学のためという名目で解剖学教室に保存するのと、どちらが野蛮であるかは軽々に断定しがたいところだろう。

信長の場合は、少なくとも人間的であったし、その所業には、一種の儀礼的なものがあったにちがいないと思われるからだ。もっとも、私は信長の真似をしたいとは思わないから、念のため。

夢のコレクション

このところ、新しい海彼の小説に目を通してもさっぱりおもしろいものがなく、古本のページをめくっても昔のように胸がわくわくすることもなく、どうも天下の形勢が退屈でやりきれないような気がするから、退屈しのぎの暇つぶしにもっぱらコレクションということをやっている。

不急不用、無益無用を絵にかいたような仕事（もしくは遊び）だから、私にはふさわしい遊び（もしくは仕事）であるといいうるかもしれない。

まず手はじめに取りかかったのが夢のコレクションで、古今東西の文学作品のなかから夢に関する片言隻語を片っぱしから抜き出して、順序不同にならべたところが総計百数十篇になった。いわば夢のアンソロジーである。選択の基準はむろん私の好みだから、どんな有名な作家の記述でも私が落したいやつはどんどん落してしまう。そのかわり、気に入ったものは同じ作家の記述でも一つならず採用する。ニーチェなんぞが意外に夢について多く発言しているのに、へええと私は感じ入ったものだ。

イギリスにもフランスにもドイツにも、それぞれ一癖ある編者の手になる夢のアンソロジーがないわけではない。よく知られた例でいえば、ボルヘスが『夢の本』というのを編んでいるのを文学好きの読者なら御存じであろう。私はしかし、これらのアンソロジーの内容とはなるべく重複しないように心がけた。ボルヘスのように、聖書や神話の記述をやたらに採用するのもやめた。私の好みを全面的に打ち出したのだから、おのずから他の編者のものとは違った味わいのものになったはずである。

私は長ったらしいものが大きらいだから、夢の記述はすべて短いものを選んだ。そのため一種の掌篇集のような、一種のアフォリズム集のような、あるいは一種の散文詩集のような趣きのものになったともいえる。

一口に夢の記述といっても、たとえば日記や手紙の筆者が自分のみた夢を日記や手紙のなかにそのまま記した場合と、小説の作者が小説のなかに小説の主人公のみた夢を描写した場合とでは、大いに違うといえるかもしれない。いわば前者は作家の精神の無意識的な所産であり、後者は意識的な構築物である。しかし私には、こうした違いはどうでもいいような気がする。どっちにしても夢は人間の精神のつくるものであり、たとえ目ざめていても、人間の精神のはたらきに無意識が関与しないことはありえないからである。

作家は自分の夢を記述するとき、かならず嘘を混えるものだという説があるそうだ。それならそれでいいではないか。意図的であれ否であれ、自分のみた夢を少しも変形しないで語ることなんて、そもそも人間にはできないことなのだと料簡したほうが気がきいていよう。そうではあるまいか。

ちなみに、この作家の記述する夢にはかならず嘘が混るという説の主張者は、六九年に死んだポーランドのゴンブローヴィッチだそうである。いかにも皮肉な爺さんらしい意見ではあるまいか。

「少なくとも私の場合はそうだが、死んだひとを相手にして、まさにその死んだ当人の話をしているという夢をみることがよくある。これはおそらく、片目をつぶって物を見ると物が二重に見えるように、脳の二つの半球によって説明されるだろう。夢のなかでは私たちは精神病者であり、人間の尊厳は地に堕ちるのだ。私はしばしば焼いた人肉を食った夢をみたことがある。夢によって人間性を研究することは、もっとも鋭い心理の洞察家でなければ到底不可能だろう」

こう書いているのは、私の好きな十八世紀ドイツの辛辣なアフォリズム作家リヒテンベルクである。

私たちとしては、このリヒテンベルクの記述している人肉食の夢が嘘か本当かということを鹿爪らしく考えるよりも、夢では物が二重に見えるという彼の卓抜な観察に舌をまくほうが、はるかに有益であり、かつまた楽しくもあろう。

夢のコレクションの次に、私が手をつけたいと思っているのはオブジェのコレクションである。

これもなかなかたいへんな仕事、いや、たいへんな遊びだ。なにしろ私たちの前にある対象物は、ことばの本来の意味ではことごとくオブジェなのだから。ここでも私の好みを全面的に発動する以外に打つ手はあるまい。しかしカフカのオドラデクやポーの黄金虫からはじまって、レーモン・ルーセルの『ロクス・ソルス』に出てくる巨大なダイヤモンドの貯水槽のようなものや、森鷗外の翻訳したフォルミョルレルの『正体』に出てくる美しい殺人機械のようなものまで丹念に拾いあげることを考えると、オブジェ好きの私はそぞろに楽しくなってくる。

オブジェのコレクションの次に私が考えているのは、「天使から怪物まで」というタイトルによって表わされた、ダンテの『神曲』にその例を多く見るような、人間の変身のイメージのコレクションであるけれども、まあ、そこまで語るのはまだ時期尚早というものであろう。

暇つぶしにコレクションをしていると最初に書いたが、この言にいつわりはなくて、私は自分を本当にコレクションの好きな人間だとはさらさら思っていない。寝食を忘れてコレクションにのめりこむには、あまりにも自分がレトリシアンであることをつねづね痛感しているからだ。コレクターとレトリシアンとは、たぶん両立しないのである。

もう一度リヒテンベルクのアフォリズムを引用することをお許しいただきたい。

「エドワード四世は王弟クラレンス公を処刑しなければならぬと判断したとき、王の心づかいによって、彼にその死にかたを選ぶ機会をあたえた。クラレンス公はマームジー葡萄酒の樽のなかで溺れて死にたいと願った。そこでその願いはロンドン塔で実現されたのである」

どういうものか、私はこのエピソードがたいへん好きなのである。どうして好きなのだろうか。どうせ死ぬなら香り高い葡萄酒にむせびながら溺れて死のうという、その快楽主義的な死にかたが魅力的に見えるのだろうか。あるいはクラレンス公のイメージに、レトリシアンのイメージをダブらせて見ているのだろうか。かならずしも夢のなかでなくても、どうやら私たちは物を二重に見るという、脳の二つの半球のおかげをつねに蒙っているらしいのである。

豪華な白

白は、すべての色のなかで、私のいちばん好きな色だ。私の家は、玄関の壁から客間、寝室、トイレ、浴室にいたるまで、ぜんぶ真っ白だ。そして私自身は、秋から冬にかけての季節、タートル・ネックの白いセーターを着ているのが大好きだ。

フランスの象徴派詩人マラルメの有名な詩句に、「わが船の帆の素白《ましろ》なる悩み」という言葉がある。白い船の帆は、無限の可能性を蔵して、まだ何も書かれていない真っ白な紙を象徴しているのである。詩人はこの白い紙の上に、文字を書かねばならないが、しかし一たび書いてしまえば、白の純潔、白の清浄はたちまち汚されてしまう。可能性は可能性でなくなってしまう。それでは、詩の創作はあきらめるべきか。——これが真っ白な紙に向い合った、書こうにも書けない詩人の悩みなのである。

ずいぶん贅沢な悩みもあるものだ、などと仰言ってはいけない。私たちは、べつに詩人でなくても、純白の処女性を大事にしたいという気持を、だれでも持っている。ことに日本の伝統的な建築美学では、白が大きな役割を果しているということを、だれでも知っている。今でも地方の城下町へ行けば、お城や土蔵の白壁を見ることができるし、ついこの間まで私たちの生活に密着していた、和風家屋とは切っても切れない、あの美しい真っ白な障子を思い起していただいてもよい。

実際、白と黒の抽象性くらい、日本人の美的感覚にぴったり合うものはないのであって、あの英国のビアズレーの白黒の線描が、日本の美術に影響を受けたところから始まり、それがまた逆に日本にもたらされて、多くの愛好者を生んでいるという事情も、当然といえば当然の話なのである。藤田嗣治の猫や女の肌の、なめらかな陶器のような乳白色も、独特な日本的感覚といえるかもしれない。

黒は、すべての色を吸収してしまうが、白は、その反対に、すべての色を撥ね返してしまう。白と黒は、色のなかの最初と最後である。悪魔の色は黒であり、天使の色は白である。ダンテの『神曲』には、「天使たちの顔はみな生きている焔、翼は黄色、そしてその他は、どんな雪も及ばない純白だった」とある。白は豪華な色だと私は思う。

昔から、赤は愛や情熱、緑は平和や希望、青は誠実、黄色は嫉妬、灰色は恐怖、白は純潔、黒は悲哀というふうに、色彩のあたえる意味というものが漠然と考えられてきたが、今日では、それが色彩調節の理論によって、建築の室内にも合理的に生かされるようになってきたようだ。

たとえば、ある工場で、黒塗りの箱を工員たちに運ばせたところ、重くてやり切れないと苦情が出たので、週末に会社側がこれをすっかり薄緑色に塗り変えておいたら、月曜に出勤してきた工員たちが、今度の箱は軽いといって喜んだという。またロンドンのテームズ河のある橋は、身投げで有名な橋だったが、市当局が苦心の対策で、その黒い鉄の欄干を薄緑に塗り変えたところ、自殺者の数は三分の一以下に減ったという、まるで嘘のような例もあるらしい。

こんなふうに、色彩感覚が人間の心理に及ぼす影響は、なかなか馬鹿にならないようではあるけれども、まあ、私たちは、せいぜい自分の好きな色を、大胆に室内装飾に生かして使いたいものである。私たちは心理学だけで生きているわけではないからだ。

ちなみに、私の家では、蛍光灯を用いていない。これも好き好きだろうと思うから、決して私の意見を他人に押し売りする気はないが、蛍光灯の冷たい感じの光よりも、私の場合、あの黄色い古典的な親密な光の方が、何がなし好ましいように思われるからなのである。ことにそれが周囲の白い壁に反映した時には、なおさらである。

林檎［りんご］Malus

季節は秋だった

季節は秋だった。

すでにプラハの町に一週間ばかり滞在して、市内を隈なく歩きまわっていた私たちは、この日、初めて郊外へドライブに出かけた。めざすはプラハ東南方二十八キロのカルルシュテイン。小さな中世の城のあるところである。

思わずスメタナの旋律が口をついて出るほど、気持のよい絶好のドライブ日和で、私たちは道すがらボヘミアの秋、ボヘミアの自然を満喫したものだ。

小川がながれ、白壁の農家のかたわらには花々が咲き競っている。コスモス、鶏頭、立葵、サルビア、カンナ、ダリア、薔薇、百日草、ひまわり、おしろい花……こう書きならべてみると、緯度はずっと北で、樺太とほぼ同じであるのに、花の種類は日本の秋とそれほど変らない。ただ空気が乾燥しているためか、花々がじつに鮮明な色と輪郭をしているのが印象的であった。

車を降りて、私たちはそのあたりを散策したものであるが、いまでも記憶にはっきり残っているのは、農家の庭さきに、赤い小さな実をいっぱいつけた林檎の樹が何本も植わっていたことだ。道に落ちている実もある。子どもの握りこぶしほどの大きさの、その落ちた林檎の実を私はひろって、皮ごとかじってみた。酸味が口のなかにひろがって、おいしかった。

林檎の実をひろって食ったことなんか、日本でも経験したことはなく、このときが初めてである。

カルルシュテインの小さなゴシックの城のある山の下の、とある野外のレストランで、私たちがピルゼンのビールで咽喉をうるおしていると、その前を黒い箱形の自動車がゆっくり通った。ひとびとが笑顔で車のなかをのぞきこんでいる。私たちものぞきこんだ。車のなかには、まっしろな花嫁衣裳をつけた若い女性がいた。これからカルルシュテインの城に、結婚式を挙げにゆくところらしかった。——これもはっきり記憶に残っている、十五年前のプラハ旅行中の一齣である。

日本で赤い林檎がなっているのを見て、つくづく「ああ、きれいだな」と感じたのは、これも十年ばかり前、車で天龍峡から大平峠を越えて木曾谷へ抜ける途中、たまたま飯田市を通過したときだった。ボヘミアの田舎で見たような小粒なやつではなく、つややかに大きな実が、雨あがりの農家の庭で、初秋の陽に美しく照りはえていた。

冬の夜、上野駅から青森行きの寝台車に乗りこんで、ウィスキーをのんでぐっすり眠り、その翌朝、目をさましてみると、いちめんの白い雪の上に、低く枝を張った林檎の畑が延々とつづいているのが車窓から見えて、びっくりしたこともある。葉の落ちた林檎の樹は黒々として、その節くれだった幹には、緑青《ろくしょう》のような青い苔がついていた。

さて、薔薇や百合について書くのがむずかしいように、林檎について書くのもむずかしい。神話や伝承やシンボリズムがあまりにも豊富で、なにを採りあげたらいいのか迷ってしまうからである。どの本にも書いてあるようなことを採りあげても仕方がないから、ここでは、なるべくペダンティックなことを書くとしよう。

ローマの詩人ホラティウスの『諷刺詩集』第一巻第三章に、音楽家ティゲリウスは気まぐれな男で、気がむけば饗宴の席で「卵から林檎まで」大声あげて歌を歌いまくるとある。ラテン語で書けば ad ovousque ad mala である。前菜には卵、デザートには林檎が欠くべからざるものだったので、「卵から林檎まで」は「初めから終りまで」の意味で広く用いられていたらしい。林檎はラテン語でマルムといった。

これはペダンティックでも何でもないが、いま、ふっと気がついたので書いておくとすれば、日本の流行歌には、どういうわけか林檎をテーマにしたものが非常に多いような気がする。私が少年のころ親しんだ戦前の歌にも、「林檎の樹の下で　あしたまた逢いましょう」というのがあったし、戦後は並木路子の「リンゴの唄」ではじまり、美空ひばりの「リンゴ追分」で一つの頂点をきわめたようにも思われるからだ。

なぜ流行歌には林檎が好まれるのか。そんなこと、私に分るはずがない。

秘密結社の輪郭

秘密結社とは？

秘密結社という言葉に猟奇的な、あるいは犯罪的な、陰謀的なニュアンスを感じとるようになったのは、たぶん、少年の頃に耽読した山中峯太郎の冒険小説の影響でもあろう。これはわたしの個人的な想い出であるが、たとえば、フリー・メーソンという古い人道主義的、コスモポリタン的な結社にしても、少年のわたしには、なにか無気味な、おそろしい国際陰謀団のような気がしてならなかったものだ。陰険なユダヤの金融資本家が牛耳っていて、いたるところに諜報網をもち、世界中の政府を転覆させることを目的としている血なまぐさい団体のような気がした。今でも、案外、そう思っている人は多いのではないか。

頭から白い三角の頭巾をかぶって、黒人に残忍なリンチを加えるのは、アメリカ南部のクー・クラックス・クランであるが、これとフリー・メーソンとを混同している人も多いようである。さらに山中峯太郎の小説には、CC団とか藍衣社とかいった、蔣介石系の国民党少壮分子によって結成された政治団体の名前も出てきた。本郷義昭という超人的な主人公が、中国人に身をやつし、これらの抗日テロ団やスパイ団を相手に虚々実々の戦いを演ずるのである。まあ、それはともかくとして……。

秘密結社には、わたしたちがその名を知っているものだけでも、じつにいろいろあり、名も知らないような奇怪な結社まで数え立てれば、さらにたくさんある。いったい、秘密結社とは何であるか。

秘密という以上、世の中の表面にあらわれたり、人に知られたりすることを望まないのが、まず第一の条件であるように思われる。しかし、これだけでは秘密結社の正確な定義にはならない。フリー・メーソンのように、世の中が政治的に安定していて、団員が他から迫害を蒙ったりすることがないような場合には、組織の存在、教理、会員の集合場所、会員の氏名などは少しも隠さず、世の中の表面にあらわれることを別だん避けない秘密結社もあるからである。有名な政治家や芸術家で、公然たるフリー・メーソン会員だった人もたくさんいる。

むしろ、秘密はその団体に特有な入社の儀式にある、と見た方がよい。秘密結社をして真に秘密結社たらしめるものは、この入社式と呼ばれる特別の儀式なのである。新会員は、この非公開の入社式で、旧会員から一種の試煉を受ける。それは多くの場合、象徴的な手続であるが、新会員は試煉を受けて初めて組織の一員たる資格を得るのである。宗教的、魔術的な結社であれ、政治的、社会運動的、犯罪的な結社であれ、そこには必らず、多かれ少なかれ複雑な入社の儀式、および試煉が存在することを忘れてはならない。

この儀式に、さらに別の特殊な秘密が加わる。すなわち、会員相互が自分たちを門外者から識別するための記号、符牒である。また、団体の起源、目的、沿革などの口伝による継承がある。これも重要な秘密結社の特徴の一つであろう。

あらゆる時代に、儀式の秘密を所有することによって、俗世間の人間のあいだから自分を区別しようと努力した人たちがいたのである。そういう人たちが集まって、小さな集団をつくる。その方法はさまざまに違っていても、この秘密に一つの制度としての形式を与えようとする志向は、人間の魂に抜きがたく染みついた傾向であるように思われる。だから心理学者や社会学者の目に、この儀式は、特定の秘密結社によって追求される特定の目的と等しい重要な意味をもつ。儀式、試煉、符牒――この三つこそ、秘密結社と一般の団体組織とを区別する決定的なポイントであろう。

秘密結社というものに、なにか奇怪な、謎めいた、陰謀団のような暗い性格がつきまとうとすれば、それはこの入社式の、芝居がかった秘密性のためであると言ってよい。門外者には、それが無気味なものに映るのである。

入社式の試煉

入社式で行われる試煉には、純粋に肉体的な試煉から始まって、精神的、象徴的なものにいたるまで、まことに多種多様である。いれずみや割礼などは、もっともよく知られた象徴的な肉体毀損の試煉である。学生の寄宿舎における新入生いじめ、兵営における新兵いじめなども、この儀式の俗化された名残りと見てよいかもしれない。ナポリの下層社会の泥棒や乞食から成る「カモラ」という秘密結社では、新入会員は、まず組織から命ぜられた殺人（多くの場合裏切者の成敗である）を犯さなければならない。あるいはまた、籤引で当たった者同士が短刀で果し合いを演じなければならない。相手の腕をねらい、どちらかが傷ついて血を見なければ、果し合いは中止されない。こういう危険な試煉をくぐり抜けて、初めて一人前の結社員として組織に迎え入れられるのである。

また、新参者は入社式で、組織に対する永遠の忠誠と、自分の受けた試煉について絶対の沈黙を誓うことを要求される。この誓いを破れば、裏切者は当然、何らかの形で処分される。

誓いの際、重要な役目をはたすものに、人間の血がある。「カモラ」の入社式では、テーブルの上にメスと、毒杯と、ピストルと、短刀とを置いておく。メンバーの一人がメスを取って、新参者の腕の血管を切ると、新参者はあふれ出る血に自分の右手を浸して、おごそかに宣誓するのである。それから短刀を取って、テーブルの上に突き立て、

フリー・メーソンの入社式
左の肩と右の脚を露出している

ピストルと毒杯を両手に持つ。すると、並みいるメンバーのなかの首領が、新参者の手から毒杯を奪い、テーブルの前に彼をひざまずかせる。そのとき、ピストルが空に向って放たれる。同時に首領は毒杯を地面に叩きつけて、粉々に割る。テーブルに突き立てられた短刀は、鞘におさめられ、記念として新参者に献じられる。こうして儀式がすむと、新参者は全メンバーから代る代る接吻の挨拶を受ける。一般に入社式では、接吻や抱擁によって式の終ることが多い。

すべての入社式で共通の性格は、新入会員に、ある恐怖を与えるということだ。この恐怖によく堪えた者が、今までと全く別の人格になって、新らしい世界に生まれ変るのである。たとえば、アフリカのある部族で、呪術師になろうとする者は次のごとき気味のわるい試煉を受けねばならない。すなわち、新参者は胸と胸、口と口とがぴったり重なり合うように、一個の人間の屍体と向い合わせに縛りつけられる。そしてそのまま三日間、墓穴のなかに放っておかれる。次の三日間は小屋のなかに寝かされるが、やはり冷たい屍骸と抱き合ったままの状態で、飲み食いする時にも、死人の右手を使うことしか許されない。このアフリカの未開民族のもとにおける入社式は、恐怖の試煉によって個人が一度死んで、それから次に新らしい生活に再生するという、入社式特有の象徴主義を端的にあらわしている。死者と共にする墓穴の生活は、新参者が一度死んだことを示しているのである。

この点はなかなか重要なので、もう少しくわしく説明してみよう。

死と復活の象徴

ギリシアの密儀宗教の儀式と、原始民族の入社式とのあいだには、きわめてよく似た関連があるのである。アフリカ東岸のペンバ島に面した沿海地方に住む黒人の部族、ボンデイ族のあいだでは、成人式に、子供の腹の上に血のしたたる牝鶏の内臓をのせる。子供を処刑する場面を架空的に演出するのである。かように、死と復活の儀式は、ほとんどすべての入社式に共通の象徴的なテーマであった。

新プラトン派の哲学者プルタルコスが、ギリシアの密儀について述べているように、「魂は死に際して、偉大な密儀への参加を許された者が体験するのと同じ印象を体験する。しかも最初は闇の世界への当てどのない旅行であり、つらい紆余曲折があり、不安にみちた、終りのない歩みなのである。それから、試煉の終る前に恐怖はいよいよ絶頂に達する。そして戦慄、冷汗、驚愕がつづくのである。次いで不思議な光が眼前にあらわれ、人は清浄な場所、天使の声と舞の音が響きわたる平原に出る」と。

すべての入社式は、まず闇の世界への旅行にはじまり、この旅行中、新参者の眼前に恐ろしい光景が次々と展開され、彼に死の感覚を与えるという、共通の象徴主義に基礎をおいているようである。

金羊毛の探索とか、オデュセウスの遍歴とか、ヘラクレスの冒険とか、シンドバッドの航海とかいった民間伝承的な説話の深い意味も、おそらく、ここにあるだろう。英雄たちは旅に出て試煉にあうたびに、だんだんとその性格を高めてゆき、最後に至高の密儀に参入するのである。

旅行とならんで、迷宮の象徴主義もよく用いられる。迷宮は、いわば、地上的な人間存在が閉じこめられている暗い牢獄であって、「アリアドネの糸」を握っている者だけが、そこを脱出して、明るい啓示の光に浴することを得る。ミノタウロスと、アリアドネと、テセウスの神話は、たぶん、先史時代のクレタ古文明の宗教の司祭によって行われた密儀の、後世における正確な反映にすぎないように思われる。つまり、ミノタウロスは牡牛の面をかぶった司祭だったのだ。それが後にやってきたギリシア人の記憶におぼろに残り、その空想を刺激して、あのような説話を形づくったのであろう。アフリカの呪術師も、儀式の際にはしばしば獣の仮面をかぶることを想い起していただきたい。地獄への旅行に関するこうした説話はすべて、新石器時代に地底で行われた密儀の遠い反映にほかならない、と主張する宗教学者もいる。エジプトやギリシアの密儀宗教については、のちにふたたび触れる予定である。

次に、社会学者や心理学者の見解を少しく紹介しよう。

分類の試み

いったい、なぜ秘密結社は存在するのか。宗教や迷信が大きな影響力をもっていた過去の時代ならばともかく、科学万能の現代においても、依然としてそれが存在しているのは、なぜであるか。

この質問に答えるには、まず、実際にこうした団体に加わった人と、同じ立場に身を置いてみる必要があろう。すなわち、秘密結社の性質、またその掲げている目的、スローガンによって、これらの団体を分類整理してみればよい。ところで、アメリカの社会学者ノエル・ギストによると、秘密結社の目的はそれぞれ次のようなカテゴリーに分類される。

一、博愛主義
二、相互扶助
三、革命および改革
四、愛国主義
五、宗教
六、神秘主義および秘伝主義
七、軍国主義および騎士道
八、社会的接触
九、栄誉

クー・クラックス・クラン　火の十字架

十、禁酒（アメリカで、アル中患者再生のために結社が組織されたことがある）
十一、単なる娯楽
十二、犯罪

しかし、このような分類はあくまで便宜的なものにすぎない。一例がフリー・メーソンのごときも、そのさまざまな会員の活動によって、博愛主義、相互扶助、秘伝主義……等々と、いかようにも分類することは可能だからだ。

多くの学者が採用しているもっとも簡単な分類法は、政治的秘密結社（革命および改革を含める）と、入社式的秘密結社（宗教、神秘主義その他を含める）と、反社会的（犯罪的）秘密結社とに三分する方法である。しかしこれも、厳密に区別することは困難であろう。たとえば十七世紀の薔薇十字団のように、哲学的神秘主義的な理論をもって出発した団体が、宗教改革や社会改革の計画に乗り出したという例もあるからだ。フリー・メーソンにしても、それがフランス革命の際に果たした政治的役割は無視し得まい。「自由・平等・博愛」というフランス革命の旗印は、もともとフリー・メーソンの標語であった。

しかし、大ざっぱに分ければ、哲学的宗教的な意味をもつ儀礼や象徴を重んずる団体が「入社式的」秘密結社で、明確な政治目的を第一に掲げた団体が「政治的」秘密結社である、と言えるだろう。

準犯罪的な秘密団体

純粋に犯罪的な秘密結社は、非常に少ないのである。いかに隠密なものであっても、ギャング団や婦女誘拐の不良少年団を、ただちに秘密結社と同一視することはできない。それに、暗黒街の犯罪的秘密結社といえども、その表向きは、社会的な相互扶助の精神の一翼をになっている場合があるのだ。日本のヤクザが興行師や露店商の利益分配の元締になっているように、前に述べたナポリの「カモラ」も、ナポリの町十二区の商売を独占し、その上前をはねている。そしてその代り、脱獄囚などの横行する町の治安を警察に代って維持する役目を、みずから引き受けているのである。この点は同じイタリアの「マフィア」と似ている。こうした暴力団と市民との馴れ合いの相互関係は、ナポリばかりでなく、世界中のいたるところに見られるにちがいない。

秘密結社が犯罪を犯す場合があるにしても、その犯罪がその団体の目的であるとは限るまい。有名なインドの白人暗殺団「サッグ」は宗教的目的に奉仕するための一つの手段として殺人を実行していたと想われる節もあるからだ。

農民一揆から起った秘密結社の運動も、やはり犯罪的と呼ぶわけには行くまい。アイルランドの独立運動やナショナリズムも、もとは土地の貧困や領主の搾取が原因で起った暴力的な一揆であった。団員がすべて白装束をしていたので「ホワイト・ボーイ」と呼ばれた十八世紀アイルランドの愛国的秘密結社は、農民一揆的な色合いがいちじるしく濃いのである。同じ頃アルスター地方に起った「オーク・ボーイ」も、「鋼鉄心臓」団も、前者とほぼ同じ性格の団体である。いずれにせよアイルランドの秘密結社には、ナショナリズムの運動と、宗教闘争と、農民一揆とが渾然一体となっているので、その真の性格を究明するのが非常に困難である。

十九世紀のはじめ、南スペインに暴力的な農民の秘密結社「黒手」組（マノ・ネグラ）が誕生しているが、これは同じ名前の有名なセルビアの暗殺団（ユーゴスラヴィアのサラエヴォでオーストリア皇太子を暗殺、第一次大戦の因をなした）とは別の団体である。これも百姓一揆の団体で、零細農民を多く糾合していた。スペインのアナーキズムは、ここから発祥したといわれる。

犯罪的秘密結社というと、すぐに思い出されるのがシチリア島の「マフィア」であるが、これも、その成り立ちを考えれば、そう簡単に犯罪的ときめつけるわけにはいかない。シチリアの民族統一運動と、民衆の支持による即決裁判と、いわゆる義賊とか仁俠とかの冒険小説風ロマンチシズムが、かつては渾然一体となっていたからである。しかし現在では、往年のロマンチシズムも影が薄くなってきたようだ。社会的な不正に対する反逆から生まれた秘密結社も、やがて暴力団に堕落する。周知の通り、移民としてアメリカに渡った「マフィア」は、シカゴその他の都市の暗黒街のギャングとなったのである。

「聖フェーメ」団の秘密裁判

社会が混乱し、戦争に疲れ、正義の法律が通用しなくなると、民衆の英雄待望の心理から、ロビン・フッドのような、あるいはウィリアム・テルのような伝説的人物が生まれるのは当然だ。悪代官を懲らし、搾取者から不当な所得を吐き出させる正義の士の出現を、夜な夜な民衆は夢にみる。ヨーロッパの中世は、そういう時代であった。とくにドイツがひどかった。腐敗した司法権力に取って代って、厳正な裁判を主宰しようとした秘密結社「聖フェーメ」団は、民衆の期待を負って、こうした社会的背景のもとに生まれたのである。

「聖フェーメ」団の起源は十三世紀にさかのぼり、ライン河とウェーゼル河のあいだのウェストファリア地方一帯にひろまった。その主な活動は、野外で秘密裁判をひらき、ごく簡単な司法手続で被告を死刑に処することであった。また、盗賊や封建領主の苛斂誅求に対して、弱い民衆を保護することをも目的とした。貴族や富裕な者が、この秘密裁判をいかに怖れたかは想像するに難くない。

十四世紀になると、「聖フェーメ」団の権力はますますひろがり、その盛期には十万以上の同志を擁し、一三七一年には、皇帝カルル四世から正式の裁判権を承認されるまでになった。やがて、この正式の裁判権は取り消されるが、それでも「聖フェーメ」団の活動は十五世紀以後になっても、隠然たる力を維持しつづけた。最後の秘密裁判は一八一一年、ミュンスター近くのゲーメンという町で開かれるはずであったのが、ナポレオンの軍隊によって覆滅されたという。そしてそれっきり、この正義の秘密結社は表向き解散したということになっている。

しかし、その後もウォルタア・スコットやピエール・ブノワの伝奇小説などに描かれて、このふしぎな秘密結社の噂は、二十世紀まで絶えることなく語り継がれた。一説によると、「聖フェーメ」団の残党は、まだどこかに生き永らえているという。ヒットラーの第三帝国がそれだった、と主張する人もいる。一九四五年にナチス国家が敗北すると、ヒットラー親衛隊の生き残り分子が「ヴェルヴォルフ」(人狼)というテロ団をつくり、ソヴィエト地区でさかんに暗殺を行ったが、むろん、これは「聖フェーメ」団の理想からはるかに遠いと申さねばならぬ。

さて、中世の「聖フェーメ」団の裁判とは、いかなるものであったか。それは一般に野外で行われ、公開裁判と秘密裁判と二種類あったようである。秘密裁判のときは、誰も法廷をのぞき見することを許されず、闖入者はただちに絞首刑に処せられた。公開裁判は、ドルトムントの墓地とか広場とかのような、にぎやかな場所で朝のうちに行われ、被告は自分の無罪を証明するために、三十人まで証人を呼ぶことを許された。弁論のあいだ、裁判官の前の机の上には、抜身の剣と絞首索とが置かれている。ひとたび有罪ときまれば、例外なくすべて死刑で、罪人はただちに近くの樹の下に連れて行かれ、絞首刑を執行された。樹の幹にはぐっさりと短刀を突き立て、世間への警告とした。

被告に対する召喚の通告は三度出され、三度とも、六週間と三日の余裕が認められた。

そのあいだに、召喚に応じるか否か返答しなければならないのである。三度の召喚に一度も応じない時は、欠席裁判によって有罪とされ、国外追放に処せられた。その苛酷さは、スペインの異端糺問所のそれに優るとも劣らぬ恐怖を与えた。

「聖フェーメ」団のメンバーは職業的な司法官ではなく、組織の名のもとに権限を行使する普通の市民にすぎなかった。彼らは社会のあらゆる階層に属し、組織のなかで階級制度を形づくり、敵に対しては情容赦もなく厳しい判決を下した。もちろん、入団のさいには宣誓を要求される。

団員同士は相互の識別のために、奇妙なサインを用いた。すなわち、食卓で、ナイフの柄を皿の方に向け、刃先を自分の方に向けるというサインである。

秘密団体はなぜ存在するか

ここで、ふたたび前の設問にもどって、なぜ昔も今も、世間には秘密団体への加入を望む人々が存在するのか、という根本的な問題を検討してみよう。

心理学者の意見によると、ある種の精神的傾向の人々には、つらい現実を逃避して、自分だけの小さな封鎖的世界に閉じこもりたいという、やみがたい欲求が支配しているという。すなわち、いわゆる精神分裂症（シゾフレニイ）であるが、神話とか象徴とか儀式とかを好む奇妙な性向の人々もまた、この範疇に属すると見てよいだろう。要するに精神分裂症者とは、現実と空想世界とを逆転させ、もっぱら空想世界を現実として生きる人々のことなのである。

フランスのロベール・ヴォルマ博士の研究によると、分裂症者の描く絵は、この点できわめて示唆的である。そこには顕著な自閉性、映像凝縮、転移、象徴化、様式化の現象が見られる。また出産、血、動物の変形、人間と動物の形を一つの姿に結合したり、ばらばらに解体したりするという、極端な非論理化が行われる。そしてこれらの特徴は、まさに秘密結社のあらわす本質的な諸観念と、いちいち符合するのだ。原始美術や未開民族の美術においても、こうした魔術的な世界観による造形の手法は、そっくり同じに生きているので、クレッチュマーの言う通り、総じて分裂症者の絵画は逆行の現象によって説明され得るかもしれない。

さらに児童の描く絵のなかにも、そっくり同じ現象が見られるのは、むしろ当然というべきであろう。子供は一種の封鎖的世界をつくり、大人の注意から逃れようと努めるものである。子供の世界には、特有の伝統があり、子供たち相互のあいだで伝達されてゆく遊戯や、物語や、習慣や、きまり文句がある。いわば秘密結社は子供の遊びの世界において、すでに完全に出来あがっていると言えるだろう。

それに、多くの秘密結社の加入者にとっても、入社式が一つの遊びであるということは、否定しがたいことではなかろうか。

入社式といい試煉といい、それらは子供の恐怖や、夢や、空想の復活以外のなにものでもあるまい。

逃避への一般的傾向は、極端な反社会的形体をとることがある。古代の密儀宗教に見られる乱交や、狂宴や、性的倒錯はその一つだ。ある種の政治的、あるいは宗教的秘密結社においてさえ、テロリズムはしばしば容認されている。人間の本能的な暴力への衝動や、過激への欲望を満たすことが可能になるのも、文明に逆行する秘密結社本来の理念のなせる業であろう。その善悪は、ここでは問わないことにする。

全面的な叛逆者、純粋な否定者、完全な一匹狼は、孤独者でしかあり得ない。とはいえ、そんな純粋完全な人間は世の中には少ないので、同じような気質の者が相集まって、小さなグループを形成する。せめて、そこで秘密を分有する者の誇りを享受しようというわけだ。社会の落伍者や浮浪者も、こうして集団を形成することになるが、そういったヴァガボンドの集団のなかでも、おそらく最も風変りなものが、あのロシアの「ベグーニイ」（逃亡者または放浪者の意）と呼ばれる奇妙な宗教の一派であろう。

革命後は消滅したと思われるが、この「ベグーニイ」は、いわば完全なキリスト教的アナーキズムで、国家や、社会や、所有権や、家族や、既成宗教の敵をもって任じ、俗世間との絆をことごとく断ち切って、大きな森や草原に身をかくし、永遠の放浪者として生きることを選んだ人たちの秘密結社なのである。彼らが奇妙な洗礼式を行うのも、

フリー・メーソン
「親方」の位階につく入社式

奥深い森のなかである。

　小さな筏を川の面に浮かべ、素裸になった新参者と、二人の代父と、一人の説教師とが、その筏の上に乗るのである。説教師は悪魔を呪い、あらゆる宗教的、世俗的権力を呪ってから、新参者の旅券を破り棄てる。次いで新参者は、水に沈んで洗礼を受けると、長い白服を着せられ、永遠の放浪生活を誓わせられる。これで、一人前の「ベグーニイ」になったわけである。

　浮浪者とか、脱走兵とか、脱獄囚などから成り立ったこの「ベグーニイ」は、盗み、放蕩、喧嘩、何でもやる。時には殺人さえも犯す。彼らはむろん、伝統的な形式の結婚を認めないが、男女結合の一種の儀式はちゃんと守る。それは、青年が娘と結婚したいと思うとき、彼女を力ずくで奪う振りをすることだ。まだキリスト教化されていない頃の、スラヴの部族の慣習であった外婚制が、こんなところに生きているのかもしれない。

犯罪的結社その他

「奇蹟の庭」の伝統

流行の犯罪小説や映画のおかげで、わたしたちは下層社会の暗黒街というものに慣れ親しんでいる。往年のフランス映画『望郷』に出てくるアルジェのカスバ街などは、その典型的なものであろう。泥棒や強盗の集団も、ある意味では、一種の秘密結社と見なすことができよう。きわめて排他的なこの集団は、特有の階級制度、入社式、作法（いわゆる仁義）を所有し、また特殊の言語（隠語）や合図（符牒）などによって、仲間同士を認知する。

もとより、犯罪は二十世紀のみに特有な現象ではないので、歴史をさかのぼれば、いろんな文学作品のなかに、これに類する無法者たちの秘密集団も数多く描かれているのが発見される。容易に推測されるように、犯罪者や浮浪者が多くあらわれるのは、戦争や動乱の時代であった。フランスでは、百年戦争（一三三六―一四五二年）後の社会の混乱期に、このような無法者たちの秘密結社がおびただしく発生したらしい。ヴィクトル・ユゴオの歴史小説『パリのノートルダム』によって名高い「奇蹟の庭」は、こうした浮浪者や乞食どもの集まる巣窟であった。

ジーナ・ロロブリジーダ、アンソニイ・クイーン主演の色彩映画『ノートルダムのせむし男』（一九五六年）では、眼のぎょろりとした、長身痩軀の性格俳優フィリップ・クレエが、この「奇蹟の庭」の乞食の王さまの役目を見事に演じていた。ぼろを着た乞食どもの群がるおどろおどろしい異様な場面を、ご記憶の読者もあろう。

「奇蹟の庭」という名称の由来は、街頭で物乞いをする片輪の乞食たちが、ひとたび彼らの巣窟にもどると、その片輪がたちまち奇蹟のように直ってしまうからであった。

フランス中のほとんどすべての都会に「奇蹟の庭」があり、十七世紀のパリには十二カ所もあった。ユゴオが描いたもっとも有名なそれは、パリのヌウヴ・サン・ソオヴゥル街の近くにある、曲りくねった長い坂道の奥の袋小路で、そこには警察の権力もまったく介入できなかったといわれる。脱走兵、破産した百姓、仕事にあぶれた職人、おたずね者、ごろつき、職業的な乞食、大道芸人、香具師、淫売婦、ジプシーなどといった、あらゆる種類の社会の落伍者が群れ集まっていて、一人の親分によって紀律正しく統率されていた。

泥棒詩人として名高いフランソワ・ヴィヨンも、この「奇蹟の庭」の常連で、彼は「コキャール」党という盗賊団に属していたと信じられている。この盗賊団は、おもむきは、行商人の組合であったが、常人には理解しがたい特殊な隠語を用い、ヴィヨンはこの仲間の隠語でバラッド十一篇を作っているから、かなり彼らと関係が深かったことが推測される。

ほぼ同じ時代のヨーロッパでは、イギリスでもイタリアでもスペインでも、これと似たような犯罪的結社が多く誕生していた。セルバンテスの「模範小説集」のなかの短篇『リンコネーテとコルタディーリョ』を読めば、十六世紀スペインの泥棒仲間の生活が、じつに生き生きと描かれているのに一驚するだろう。当時のいわゆる悪漢小説（ロマン・ピカレスク）には、このような無法者たちの冒険的な、仁侠的な生き方が好んで採りあげられた。

現在では、こうした悪人の結社は、昔のようなロマンティックな魅力をほとんど失ってしまったが、それでも依然として小説や映画のなかに、大衆の好みのままに美化され英雄化されて描かれていることは、前に述べたとおりである。

民族主義的な秘密結社が徐々に犯罪集団に転落するというような例も、世界各地で、しばしば見受けられる。シチリア島の「マフィア」も、最初、イタリアの民族統一運動と一体をなしていたが、やがて移民としてアメリカへ渡ると、純粋な犯罪集団となり、シカゴその他の都市で長いこと猛威をふるった「殺人会社」、いわゆる「シンジケート」（アル・カポネの肝入りで出来たやくざの縄張りを取り締まる組合）などと呼ばれる暗黒街の大組織に変った。日本の右翼が、ともすると暴力団と化する傾向があることも、併せて指摘しておきたい。

ナポリの「カモラ」

「マフィア」については、わが国でも比較的資料が出揃っているようであるから、ここでは、相似たナポリの秘密結社「カモラ」について、簡単に述べよう。この結社は、一八二〇年ごろ、ナポリの下層社会に組織されたが、本来はスペインの移民によって同地にもたらされたものであった。「カモラ」という言葉もイタリア語ではなく、スペインのカスティリヤ語で、「喧嘩」とか「暴力的な争い」とかを表わす言葉である。

同じ「カモラ」の団員にも、泥棒や乞食から成る「下級カモラ」と、恐喝や強請《ゆすり》を事とする「高級カモラ」（一名「手袋をはめたカモラ」）の二種類があった。「マフィア」と同じく、厳格な法規、階級制度、入社式があって、ナポリ王国の牢獄のなかにも支部をもち、組織の最高指導者は、奇妙にも「神聖なママ」という名で呼ばれていた。政府との関係は微妙で、一八六〇年には、その筋と協力してガリバルディ一派の革命運動弾圧の一翼を担い、公認の警察として活動したことさえあった。

現在では、「カモラ」は完全に死滅したと信じられているが、事実はそうではないらしい。もはや牢獄のなかにまで勢力を及ぼしてはいないが、依然として、ナポリの商業をひそかに牛耳っていることに変りはないのだ。煙草の密輸から果物や野菜の売買まで、合法と非合法とを問わず、すべての商業活動が、「カモラ」の親分「神聖なママ」の監督下に行われている。彼らは日本のやくざと同じく、商売のピン撥ねによって生計を立てているのだ。商人たちも「カモラ」に反抗して仕返しを受けるよりも、彼らの言いなりになって、おとなしく割前を出している方が得策だと考えている。むろん、「カモラ」の紀律はきびしいから親分の目をぬすんで、団員個人が勝手に恐喝などの暴力行為をはたらけば、彼はただちに処罰される。

親分の跡目を争って、時に血なまぐさい闘争が「カモラ」団員同士のあいだで行われる。たっぷり金のはいってくる「神聖なママ」の地位は、団員すべてにとって羨望の的なのである。女性を除外し、男のみによって固く団結した秘密結社の親分が、そのメンバーによって「ママ」と呼ばれているという事実は、心理学的に見て、きわめて興味ぶかいデータとなるだろう。不滅の母性像は、もしかすると、集団のエディプス・コンプレックスを証明するものかもしれないのだ。

儀式としての殺人

ごく最近まで、ユダヤ教の儀礼で殺人が行われるという噂が、ヨーロッパの民衆のあいだに信じられていた。ユダヤ教の復活祭のとき、これを主宰する律法学者（ラビ）が、キリスト教徒の子供を殺し、その血を儀式用の無酵母パンに混ぜるというのである。中世以来、金融業を独占していたユダヤ人は、そのため不当にキリスト教徒の憎しみを買っていたようである。

むろん、今日では、このような根も葉もない噂を信じている者はあるまい。ちょうど中国や日本にやってきたカトリックの伝道師が、赤い葡萄酒を飲んでいたために、あたかも赤ん坊を殺して血をすする魔術師ででもあるかのごとく想像されたのと同断である。

とはいえ、儀式としての殺人が、歴史の上で行われなかったというのでは決してない。多くの宗教の歴史は、しばしば酸鼻をきわめた人間犠牲の豊富な例を示している。時代の進展とともに、そのような野蛮な例は正統宗教からは影をひそめるが、ある種の異端の礼拝や黒魔術の信奉者のもとに、ひそかな形で受け継がれることになる。わたしたちは、ロオマ頽唐期の妖術使たちの腸占い（動物や人間の腹を断ち割り、その内臓をしらべて吉凶を判断する法）を知っているし、中世のジル・ド・レエ元帥や、ルネサンス期の王妃カトリーヌ・ド・メディチの黒ミサの幼児殺戮をも知っている。ルイ太陽王の時代にさえ、無垢な幼児をたくさん殺して地獄の魔王に捧げた、破戒僧ギブール師の黒ミサ事件があった。

秘密結社の内部には原始的な儀礼がもっとも完全な形で残っているので、現在でも、そこで類似の犯罪行為が行われているのではなかろうか、という疑問が生ずるにちがいない。しかし現在では、幸いなことに、サディスティックな犯罪は秘密の集団内部で行われるよりも単独の個人によって、単純な性犯罪として犯される場合が多いようである。ただ、犯罪史上に名高い「切り裂きジャック」の事件は、この点で、いまだに解明されない多くの謎を残している。

ドナルド・マコーミックの『切り裂きジャックの正体』（一九五九年）という本によると、このロンドンのイースト・エンドに起った連続殺人事件（殺されたのはすべて淫売婦である）の犯人は、ペダチェンコと称するロシア人の医者だった。彼は有名な怪僧ラスプーチンと同郷の出身で、ラスプーチンと同じく、ロシア正教に対する異端の分派である「フルイストゥイ」派に属していた。そしてこの一派は、のちに詳述する予定であるが、一種の儀式的な殺人を容認する秘密結社だったのである。この説は、ジャックの犯行の背後に宗教的な動機を置いている点で、きわめておもしろく、若いイギリスの小説家コリン・ウィルソンなども異常な興味を寄せている。しかし、マコーミックの説を裏づける決定的な証拠は、残念ながら一つもない。

インドの暗殺団「サッグ」

インドには古くから、数々の儀式的殺人を犯してきた怖るべき秘密結社があった。多くのイギリスの冒険小説家が作中に描いた、暗殺団「サッグ」がそれである。十九世紀の初頭においても、まだ彼らはインドの奥地に残存していて、秘密の集団を形成しており、その実数は、しばしば数百人といわれた。彼らは、ふだんは家族とともに一般の職業に従事していて、ある特定の時期に、家を出て暗殺者となるのであった。

一八三五年、北インドに跳梁していた「サッグ」の掃蕩に成功したイギリス士官W・H・スリーマンの報告によると、「インド国民のほとんどすべての階級が、この犯罪を支持していることは疑い得ない。地主も、判事も、警察も、市当局も、すべて私の意見では、多かれ少なかれ彼らの共犯者である。下級警察官は多くの場合、サッグの団員であったし、田畑看守の巡査たちも、しばしば同団に属していた」と。

彼らは、インド人全体に理解されるような合図を使っていたらしい。白人憎悪の精神において、インドの原住民が暗殺団の活動を支持していたことも納得される。たとえば、原っぱに残された露営の焚火の跡をしらべれば、そこに野宿をした者が「サッグ」の団員であったかどうか、同団員にはすぐわかるらしいのだった。

彼らの暗殺の目的の一つは、犠牲者から金品を奪うことであった。罰されずに犯罪を行い、しかも物質的利益を得ることができるという理由のために同団体に加入する者も多かったようであるが、忘れてならないことは、この秘密結社が本質的に、ヒンズー教の一分派としての宗教団体だったということであろう。団員はことごとく、「黒い母」と呼ばれる死と破壊の女神カーリの熱狂的な崇拝者であった。

新加入者の入団式は女神カーリの祭日である「ドゥセラ」祭の日に行われた。新加入者は沐浴した後、教導者にみちびかれて一室に入る。部屋には、白布の上に数人の「サッグ」団員が坐って待っている。吉凶判断の結果が吉と出たら、新加入者の右手に、白いハンカチに包まれた一挺の鶴嘴《つるはし》が置かれる。彼はこの鶴嘴を胸の高さに持ちあげて、宣誓をしなければならない。それから小さな砂糖の一片をあたえられ、この神聖な食物を食べるのである。

「サッグ」の教義は、殺された者の血を見ることを不吉としていたから、もっぱら細布を用いて相手を絞殺した。その技術は、まさに神技というべく、数秒のうちに犠牲者は息たえた。旅人を襲って、見境いなく彼らの生命を奪っていたが、ある種のタブーにふれると見なされた人間だけは、殺すことを差し控えていた。すなわち、婦人、ある種の僧侶、洗濯屋、掃除人、音楽家、油屋、鍛冶屋、大工、不具者、レプラ患者、牛をつれた人間などは、「サッグ」団の魔手を免れたのである。

イギリス当局の必死の掃滅戦により、ようやく「サッグ」団は奥地に追いつめられ、インド国外に追い出されるにいたった。それでもまだ、時として、人の容易に近づき得ない地方で殺人が起ると、ひとびとはこれを好んで「サッグ」の仕業と解するのである。しかし、この時代遅れの宗教団体が、もはや昔日の勢いを盛り返すことは考えられない。

ロシアの異端「フルイストゥイ」派

ある種の秘密結社が、宗教的実践のきわめて古風な形式を近代にまで保っているのは、注目されてよかろう。これについては、ロシアの異端の研究が多くの示唆をあたえる。種々の宗教的エクスタシーが、そこではもっとも原始的な形で自然に発露しているのである。たとえば去勢とか、宗教的自殺とか、鞭打とか、巡礼とか、熱狂的な舞踊とかいった肉体の酷使によって、この派の信者は神秘的な啓示に浴する。戦争放棄の無抵抗主義を唱えた「ドゥホボル」派も、この興味ぶかいロシア異端の一分派であった。ここでは、それらのうち、もっとも重要と思われる二つの分派について述べよう。

まず最初に、「フルイストゥイ」派（鞭打派）を採りあげたいと思うが、この名称は、この派に敵意をもつロシア正教会の司祭によって、侮蔑的な意をこめて付けられたものである。実際には、この派で鞭打はめったに行われなかったという。十八世紀初頭、ピョートル大帝の頃に、ヴォルガ河の上流地方の一寒村から発祥し、みるみるロシア全土に拡がった。その聖書解釈も、非常に変っているから、次にこれを紹介しておこう。

永遠の神は火の雲に乗って下界に現われ、ウラジミル地方の一農夫、ダニエル・フィリッポフの肉体に宿るのである。このフィリッポフが、ある百歳の女（？）とのあいだに儲けた子供がイワン・スースロフで、父なる神は、この子供を救世主と認めて天に帰る。残されたスースロフは、十二人の弟子をつれて、オカ河のほとりで説教をはじめるが、やがて逮捕され、鞭打や拷問を受けた末に、「赤い広場」で十字架にかけられる。こうして救世主は死ぬが、二日後によみがえり、さらに逮捕されて拷問を受け、もう一度死んでふたたび復活するのである。――まことに奇妙な聖書解釈というべきだろう。

迫害されつつ成長した「フルイストゥイ」派は、秘密結社とみなされ得る十分な資格をもっている。この宗教に帰依した新らしい信者は、宗団内で見たり聞いたりしたことの一切について、絶対に沈黙を守ることを誓わせられ、あらゆる迫害に耐えることを約束させられる。

彼らは正教会の礼拝式にも出席するが、なおそのほかに、仲間同士で秘密の集会をひらき、そこで特殊な宗教的法悦を得ようとする。「フルイストゥイ」派の秘密の礼拝は、主として「ラディエニエ」（献身、熱情の意）と称する儀式で、その基本的な形式は、法悦を得るための狂熱的な一種の舞踊であった。時として、この儀式は暗闇のなかで、いかがわしい集団的な性の饗宴にまで発展した。また、きわめて稀には、儀式としての殺人が行われることもあった。すなわち、「ボゴロディチャ」(神の母)の地位に昇進した未婚の若い娘が生んだ男の子を、キリストの再来と見なして、誕生後八日目に殺し、その血と心臓を小麦粉と蜜に混ぜ、これで奇怪な聖体拝受のための聖餐のパンを作るのである。

この宗教の原理は、一口にいえば、「救済を得るために罪を犯すべし」ということであった。つまり、人は罪を犯せば犯すほど、それだけ深く悔い改めることができる、という人間性のパラドックスの上に立った、ふしぎな、古風な信仰だったのである。

怪僧ラスプーチン

この「フルイストゥイ」派との関係において想い出されるのは、一時期、ロシアの宮廷に絶大な勢力をふるった怪人物、グリゴーリ・エフィモーヴィッチ・ラスプーチンである。彼はシベリアの貧農の息子で、三十歳まで放蕩無頼な生活を送り、三十三歳(一九〇四年)のとき「フルイストゥイ」派に入信した。この宗団で、彼はまもなく重んじられる地位にのぼり、自分のまわりに熱狂的な崇拝者、特に女性崇拝者の群を多く集めることに成功したのである。

ラスプーチンは、表面上は正教会に忠誠をつくしているような態度を見せていた。ただ、彼のまわりに集まった特別の信者だけが、彼の秘密の礼拝や、いかがわしい儀式としての肉の饗宴や、神秘的な法悦の体験などを知っていたのである。彼の呪師《まじないし》としての評判は大したもので、それによって彼は莫大な財産を築きあげた。

星の澄んだ夜、ラスプーチンは男女の信者とともにシベリアの森へ行き、赤々と焚火を燃やし、そのまわりで輪をつくって、奇妙な祈りの歌を歌いながら踊りを踊った。踊りのリズムはだんだん速くなり、だんだん荒々しくなった。熱っぽい溜息やうめき声が洩れた。やがて焚火の火が消え、あたりが真っ暗になると、「汝の肉を試煉にかけよ」というラスプーチンの声が聞えた。すると男女の信者たちは地面に身を横たえ、ごちゃごちゃに入り乱れて性の饗宴にふけるのであった。神の罰を受けるために、こうして進んで罪に汚れた身体になるのである。

たまたま、ニコライ二世の息子が不治の血友病にかかり、ロシアやフランスのあらゆる名医の手当を受けていたが、結果は思わしくなかった。そのとき、紹介する者があってラスプーチンは皇太子の病床を訪れ、奇蹟を実現したのである。彼が皇太子の眼をじっと見つめながら、その頭に軽く手を置いただけで、ただちに出血は止まり、みるみる病人の顔色はよくなった。それ以来、ラスプーチンは宮廷に自由に出入りすることを許され、ペテルブルグに豪壮な邸をかまえ、そこで貴族の女の信者たちを相手に、数々の噂の種になるような奇怪な淫蕩生活をはじめたのである。

ラスプーチンを山師と称する者は多いが、人を魅きつける彼の異常な力は、真に魔術師の名にふさわしいものであった。彼は手づかみで食事をしたが、食事を終えて、汚れた指をさし出すと、宮廷の女たちが争って、その指先を舐めたという。こうした傍若無人な振舞いが、彼に対する反感を煽り立てたことも事実であった。

　ラスプーチンを除こうとする陰謀は、ユスポフ公爵をはじめとする貴族の一団によって、周到に計画された。公爵の家に招待されたラスプーチンは、出されたお菓子をみんな食べた。お菓子のなかには、致死量の青酸カリが入っていたのである。それでも魔術師は死ななかった。不安になった公爵は、さらに毒入りの葡萄酒をすすめた。ラスプーチンはそれをちびちび味わいながら飲んでいたが、やがて喉が焼けるようだと言い、もっと葡萄酒を所望した。が、効果はなかなかあらわれない。たまりかねた公爵が、隣室からピストルを取ってきて、ラスプーチンの心臓めがけて射った。野獣のような吼え声を発して、ラスプーチンは、熊の毛皮を敷いた床にゆっくり倒れた。

　公爵の友人たちが駈けつけてくると、ラスプーチンは、それまで死んだように横たわっていたが、突然、息を吹き返し、左の眼をかっと見ひらいて、よろめく足で立ちあがった。そしてユスポフ公爵につかみかかり、おそろしい声で、断末魔の呪いの言葉を吐き出したのである。隣室へ逃げた公爵が、ふたたびピストルをもってやってくると、ラ

ラスプーチン

スプーチンは四つんばいで階段をのぼろうとしていた。その背中をめがけて、さらに四発ピストルの弾丸が射ちこまれた。がっくり崩れた彼の身体は、いったん動かなくなったが、しばらくすると、またぴくりと動いた。恐怖にかられた公爵が、夢中でラスプーチンの頭を、銀の枝つき燭台でめった打にした。こうしてようやく魔術師は完全に死んだのである。異常な生命力の強さというべきであろう。

後日譚として、あまり知られていない事実を語っておきたい。ラスプーチンには一人の娘があり、彼が死んだとき、娘はほぼ十四歳になっていたという。ロシア革命後、彼女はさまざまな辛酸をなめて、パリに亡命した。そしてそこで、父の遺志を受けついで、彼ある宗派を創始したのである。それはやはり罪による自己聖化の宗教だったにちがいない。第二次大戦の初め頃まで、彼女はパリでこの宗派を指導していたが、一九四〇年以後、その消息が絶たれたという。あるいは現在でも、このラスプーチンの一人娘は、どこかで生きているかもしれないのである。

もう一つの異端「スコプツィ」派

「フルイストゥイ派」とならべて、もう一つのロシアの異端「スコプツィ」派（去勢された者の意）について述べよう。

この派の開祖は、セリヴァノフという人物だとされているが、伝説によると、彼はロシア皇帝ピョートル三世そのひとであり、妻エカテリーナ二世のさし向けた刺客の兇刃をのがれて、ひそかに伝道の生活を送るようになったという。ピョートル三世は成年に達すると、宗教的信念によって、みずから男性器官を切除した。これを知った妻エカテリーナは、彼を殺害しようと決意した。彼は変名を用いて外国へ逃れ、息子パーヴェル一世の時代にロシアに帰ったが、息子を改宗させようとして果たさず、かえって息子のために修道院に監禁される身となった。——これが「スコプツィ」派の救世主の物語である。

たびたびの迫害にもかかわらず、この派はソヴィエト・ロシアの現在にいたるまで生き永らえている。むろん、信者の数は寥々たるものであるが、シベリアのヤクート人の住む地方などでは、全住民が「スコプツィ」派の流刑囚であるというような村がまだ存在しているらしい。逆にルーマニアでは、十九世紀にロシアから亡命してきた信者たちの子孫が、かなり大きな部落をつくって暮らしている。この派の男子は、ふつう結婚して子供を産んでから去勢するので、子孫は絶えないのである。彼らは社会主義の宣伝にも頑固に屈せず、その宗教的信念を全うしている。ブカレストでは、彼らは一般に辻馬車の御者、あるいは最近ではタクシーの運転手といった職業についているそうだ。

「スコプツィ」派の宗教的儀式は、土曜から日曜にいたる夜のあいだに行われる。「フルイストゥイ」派のそれと同じく、法悦を得るための激しい舞踊が、その儀式の主な内容である。全裸の女が儀式の中心で、しばしば予言をたれたり、奇妙な聖体拝受を主宰したりする。聖体拝受のとき、参列者は香料入りのパンのかけらと、砂糖入りの魚の干物の粉末とをもらって食べる。

入社式のとき、新加入者は白衣を着、次のような文句で終る歌の合唱とともに、迎え入れられる。すなわち、「楽しきかな兄弟よ、楽しきかな姉妹よ、小さな魂はわれらのもとに来りぬ……」次に新加入者は、酒、肉、煙草、性的快楽の一切を断つことを誓わせられ、宗団内の秘密を絶対に外部へ洩らさないことを約束させられる。

肉の誘惑から逃れるために、みずからの意志で去勢するという行為は、かつてアレクサンドレイアのキリスト教神学者オリゲネスもこれを実行しているが、「スコプツィ」派の極端な禁欲主義は、男のみならず女に対してまで、何段階にも分れた完全な性的器官の切除を実行せんとする。手術には、真っ赤に焼けたナイフあるいは剃刀を用いる。

まず、男の場合について述べよう。新加入者は二つの「地獄の鍵」（睾丸）を切除して、「天使」という称号を受ける。この手術を「小封印」という。さらに修業を積むと、今度は陰茎を切り取って、「大天使」という地位にのぼる。この手術は「大封印」「皇帝封印」あるいは「黄金封印」などと呼ばれる。さらに胸の筋肉の一部を切除したり、腋の下や腹や脚に、十字架形の火傷の痕をつけたりするという、五種類ないし六種類の「封印」の方法があり、熱烈な信者はこれを順次に実行するのである。

女の場合は、二つの乳房の一方の乳首（もしくは両方）を焼き切ったり、乳房全体をえぐり取ったりする。また乳房の上に、シンメトリックな火傷の痕跡を残したりした。小陰唇、大陰唇からはじまって、クリトリスの切除にいたる手術の方法もあった。驚くべきは、儀式の最中、切除された乳房を小さく切って、参列者の全員に配り、みんなでこれを食べるという奇怪な習慣である。

みずからの身体をみずから毀損するという儀式は、いわば、キリスト教よりも古い人類の強迫観念ともいうべきものであった。フリギアのキュベレー女神の司祭たちの、血みどろの自己懲罰の儀式については、すでに前章に述べておいたはずである。

横浜で見つけた鏡

戦後、鎌倉に住みついた私は、よく横浜の街へ出かけるようになった。鎌倉から東京まで電車で約一時間、ちょうどその中間にあるのが横浜で、ショッピングや映画見物のためにわざわざ東京まで出かけて行くのが億劫な場合、横浜は、ちょうど手頃な場所に位置しているのである。

戦後二十年間、それほど頻繁に通ったわけではないけれども、こうして横浜の街に少しずつ親しんでみると、戦前はいざ知らず、この街の独特の風物や情緒ともいうべきものに、私なりの愛着をおぼえるようになったから不思議である。もっとも、最近の私のよく歩くコースは、ほとんど桜木町から伊勢佐木町までの繁華街と、山手の外人墓地から坂を下りてすぐの元町通り、それと運河をへだてて隣り合わせの南京町付近に限られていて、必ずしも横浜の町ぜんたいに足が及ぶわけではない。

たしかに、まだアメリカ軍のカマボコ兵舎のあった頃、運河の橋のたもとやガード下に身なりの悪い風太郎《ふうたろう》の屯ろしていた頃の横浜には、戦争の破壊の跡の生ま生ましい、荒涼とした感じが残っていた。そこら中にけばけばしい進駐軍のペンキの色と横文字が氾濫していたから、繁華街の植民地的な賑いと焼けビルの荒廃との対照が一層目立ち、東京の戦後風景とはまた違った、どぎつい感じがあった。どぎつい化粧をした高等淫売婦の顔のようで、それが魅力でもあった。マッカーサー劇場という映画館があったのは、その頃のことである。そして、その頃の私は極端に貧乏で、いわゆる「ザキ」（伊勢佐木の通称）の盛り場をうろうろしても、ラーメン以外のものを食べることができなかった。道を歩きながら煙草の火を借りるには、アメリカ兵が親切でいちばん借りやすかったように覚えている。とにかく、あの頃は見ず知らずの人が、むやみに煙草の火を貸し合うのが普通だった。

「ザキ」で思い出したが、この横浜のもっとも早く開けた一等地に、かつて私の祖父はかなり大きな土地をもっていたらしい。埼玉出身の祖父は、ここで手広く生糸問屋をやっていたという。明治の頃の話である。横浜市史にも祖父の名は出ていると聞くが、私はしらべたわけではないから分らない。亡父の話によると、祖父はときどき横浜の別宅から、祖母のいる埼玉の本宅へ帰ってくるのだったが、そのとき、当時としては珍らしい、高価な舶来の玩具のおみやげを子供たちのためにどっさり買ってきては、祖母を驚かせ、かつ悲しませたという。当時、家はすでに破産状態で、祖母は差押えの紙の貼られた箪笥の、裏の板を引っぺがすのに一人で苦労していたからである。

今でも、埼玉にいる私の叔父などは、「伊勢佐木町の土地が残っていたらなあ……」などと、いかにも残念そうに言うが、三代目にあたる私などの世代には、とんと実感が湧かない。

私は想像するのだが、華やかな開港場として、文明開化の波が滔々と上陸しはじめた当時の横浜に住みついた道楽者の祖父にとって、たまに埼玉の田舎に帰って妻や子供たちの顔を見ることは、何ともやり切れない辛気くさい思いだったにちがいない。贅沢な舶来の玩具で田舎者の度肝をぬいてやろうという、破産しかけた家の父親のやけっぱちな心理は、私には手に取るようにわかるのだ。

しかし、私は昭和もすでに四十二年の現在、妻と肩をならべて伊勢佐木町のメイン・ストリートをそぞろ歩きながら、かつて祖父の住んでいた土地はどの辺にあったろうか、などと考えることも全くない。私の考えることと言ったら、今晩はどこで飯を食おうかな、とか、西洋料理にしようかな、それとも中華料理にしようかな、といったことだけであって、およそ感傷の一かけらもない、健康な生活人のそれである。

＊

横浜の駅前でタクシーを拾い、運転手に「外人墓地へやってくれ」と言う。港の南にあたる小高い丘は、緑が多くて、海が見えて、散歩には絶好のコースである。近頃は有名になりすぎ、アベックが多くなってしまったので、私は敬遠しているが、数年前にはよく行ったものだ。大きな鉄の門を押して、静かな外人墓地のなかへはいり、十字架のあいだの芝生の上に寝そべって、初夏の風に吹かれながら、半日ぐらいのんびり昼寝をしていたこともある。港の汽笛の音にはっと眼をさますと、すでに陽が傾きかけていた。墓地のなかは明るく、ところどころに薔薇の茂みがある。

萩原朔太郎の詩に、「たいそう閑雅な食欲である」という言葉があったが、ここの墓地に眠っている死者たちは、「たいそう閑雅な死」をむさぼっているような気がしたものだ。

この高台には、また外人の住宅や教会があって、何やらエキゾティックなムードを醸し出している。蔓薔薇や蔦のからんだポーチから、私はひっそりとした教会の内部に入りこみ、祭壇の前の木の椅子に腰をかけてみたこともある。だれも咎める者はいなかったし、出てくる者もいなかった。

外人墓地の低い石の塀に沿って、迂回する石畳の坂道をだらだら下りてくると、焼き立てのパンの匂いのぷんぷんするベーカリーがあって、やがて元町通りにぶつかる。はっきり覚えていないが、たぶん、そうだったように記憶している。この元町は、まことに楽しい街だ。

昼間、この街には、私のような中年男の姿はごくめずらしく、若やいだ奥さんや娘さんが活潑に歩きまわっている。サン・グラスをかけ、買物籠をぶら下げた金髪のネッカチーフの娘さんもあれば、乳母車に買物包みと赤ちゃんとを同乗させている若奥さんもあり、ぴっちりしたバーミューダ・ショーツに伸びきった脚をつつんだ仔鹿のような女の子もあれば、やわらかいボイルの花模様のワンピースを着たふとった可愛らしい外人のお婆さんの姿も見かけられる。

彼女たちは、いずれも気ままにショー・ウィンドーをのぞきこんだり、店の品物をあれこれ物色したりしながら、この街をぶらぶら歩きまわるのを楽しんでいる様子である。気が変れば、自動車のあいだをすり抜けて、通りの向う側へついと渡る。ある店には、香港製のバッグや靴が山のように積んである。籐製の大小さまざまのバッグが積んである店には、いつも若い女の子が群がっている。落着いたクラシック好みの家具店がある。装飾金物の一切を扱う店がある。アクセサリー専門店がある。陶器屋がある。貴金属・宝石店がある。老舗の靴屋がある。麻の衣類やハンカチ、テーブルクロスなどを専門に扱う店がある。高級洋装店がある。ジャーマン・ベーカリーがある。しゃれた喫茶店がある。

元町は、明治の横浜の文明開化の伝統を忠実に受け継いで、現在でも、時代の尖端を行く舶来品の街、贅沢好きな人たちの愛する、ハイカラとおしゃれの街となっている。

私もまた、場違いな人種だとは思いながらも、しばしばこの街で、何という目的もなく妻と二人ショッピングを楽しみ、通りの両側を端から端まで歩きまわって疲れると、ふと見つけた喫茶店で、コーヒーを飲んで休むことにしている。

このあいだ、こうして例によって喫茶店で休んでいるとき、おもしろい街の風俗を見つけた。喫茶店の大きなガラス窓から、通りをへだてた向う側の歩道を眺めると、横浜でも有名なユニオンという大きなスーパー・マーケットの入口で、ソフト・アイスクリームとホット・ドッグを売っている。派手なショート・パンツやサン・グラスの女の子たちが行列をつくって、ソフト・アイスクリームを買っている。なかには奥さん風のひとも混っている。真夏の午後の日ざしを受けて、原色の装いを凝らした街ぜんたいが明るく輝やき、何か異国の風景を見ているような思いがする。彼女たちは、こうして並んでアイスクリームを買うと、それを手にもって舐めながら、楽しげに道を歩くのであった。

アメリカなんかでは、べつにめずらしくもない風俗だろうと思うが、日本の都会では、あんまり見たことがない光景である。しかし、それは明るく、屈託がなく、のんびりと微笑ましい街頭風景で、いつまで見ていても見飽きることがなかった。私は喫茶店のなかで、喫茶店の上等のアイスクリームを匙ですくって食べていたが、窓の外の女の子たちの歩きながらむしゃむしゃ食べているコーン入りのアイスクリームの方が、それよりも、よっぽどおいしそうに見えた。

喫茶店のなかの私とガラス越しに視線が合うと、三人づれでアイスクリームをぺろぺろ舐めていたミニスカートのお嬢さんの一人は、肩をすくめて、いたずらっぽく笑って見せた。

＊

横浜の街を歩きまわって日が暮れ、お腹がへってくると、どうしても最後に寄って行きたくなるのは、南京町である。元町通りから、わびしげな鉄の橋のかかった大岡川の運河を渡って行けば、つい目と鼻の先である。薄よごれた水の運河には、いつも煙を出す舟がもやっている。――しかし、ここでは中華料理の話をするのはやめておこう。最近、いろんな雑誌で、もうすっかり語りつくされた観がある。伊勢佐木町にある、根岸屋という終夜営業の居酒屋についても、語るべきエピソードは多いが、いささか猥雑にわたる恐れがあるから、ここでは割愛しよう。

あるとき、私は友人のHという男と二人で、元町と南京町のあいだの裏通りの、あやしげな中国人の経営する薬種屋へ行ったことがある。ガラスの引き戸をあけて、店内へはいると、カウンターのような長い台があり、そのうしろに小さな引き出しのいっぱいある整理簞笥のような戸棚や、大小さまざまなガラス瓶などが置いてあった。店内には、薬の匂いが立ちこめていた。「ごめん下さい」と声をかけると、奥からカーテンを分けて、黒い繻子の詰襟の支那服を着た、顔の色のあくまで黄色い、枯木のように痩せた小柄な老人があらわれた。

「あの、枸杞《くこ》の実がほしいんですけどね」とHが言った。

老人は胡散くさそうな、おどおどしたような眼つきで私たちを眺めると、傍の簞笥の小さな引き出しをあけて、乾燥した木の実を数粒とり出し、カウンターの上にぱらぱらと置いた。

「これ、枸杞なんですか?」とHが疑わしそうに、また訊いた。

老人はそれには答えず、たどたどしい日本語で、「強い薬だよ。食べると血が出るよ。背中、こんなに曲がるよ」と言い出した。

私は可笑しくなって、もう少しで吹き出しそうになった。それというのも、Hは日本人にはめずらしい肥満型の大男で、その反対に、薬種屋の主人は痩せて乾からびた小男だったので、その対照の妙もあったからである。

「そんな強い薬じゃない。ほら、枸杞ですよ。枸杞の実がほしいんですよ」とHが語を強めて言い、小さな木の実を一粒指でつまんで、「ほんとに、枸杞の実なのかねえ……」と言った。

すると、黄色い顔の老人は一層おどおどした眼つきになって、あわてて残りの木の実を掌でつかみ、元の引き出しの中へ入れてしまったのである。

「どうも、こちらの意志がさっぱり通じないようだね」と私は小声でHにささやいた。

「駄目だ。帰ろうや」とHがあきらめて、怒ったように言った。

外へ出てから、私は心置きなく大声で笑いながら、「あの爺さん、おれたちを刑事だと勘ぐったのかもしれないぜ。きっとそうだよ」と言った。

横浜では、妙なことによくぶつかる。

＊

元町通りのPという店は、しゃれた男物の洋装店で、イギリス物の渋い色調のジャケットやネクタイやスポーツ・ウェアや、その他の装身具をならべている。私は先日、ここでジャケットを買った際、珍らしいものを見つけた。

それは直径二十五センチばかりの、美しい円い凸面鏡である。まわりに薔薇の花模様を焼きつけた陶器の皿がついていて、さらにその周囲には、金色の鋳物の飾りがついている。したがって、全体の大きさは直径五十センチくらいであろうか。店の奥の、薄暗い目立たないコーナーに、この鏡が吊ってあるのを一目見た時から私はそれが欲しくてたまらなくなった。売り物ですか、と訊くと、そうだという返事である。しかしその時は、すぐ買う決心がつかず、値段をきいただけで帰った。

その晩、私がお茶を飲みながら「あの鏡……」と言いかけると、妻はたちまち反応を示して、「そうなのよ。あたしも気に入ってるのよ。お兄ちゃん（妻は私をこう呼ぶのである）にその気があるなら、あたしも賛成よ。買いましょうよ」と、ひどく乗り気なのである。さっそく、その夜のうちに電話をかけて、翌日に届けてもらうことにきめた。

現在、その英国製の凸面鏡は、わが家の白い壁にかかっている。

そして、この鏡を壁にかけてから、私は、おもしろいことに気がつき出したのである。それはつまり、わが家にやってくるお客さんが、この鏡を見て示す態度は、およそ二つに分れているということだった。「ははあ、これはいいですねえ。おもしろい！」と声をあげて、つかつかと鏡の前に歩み寄り、しげしげと眺めて楽しむ客もあれば、また反対に、鏡の存在などに一向気づかかず、こちらが「どうです、この鏡？」と注意を促してやっても、さらに興味をおぼえたらしい顔すら示さない客がある。こういう客には、私は全く拍子抜けがし、失望してしまうのだ。

たぶん、凸面鏡などに一向興味をおぼえない人間は、心の中で次のように考えるのだろう、と私は推理するにいたった。すなわち、「普通の鏡ならばともかく、こんな玩具のようなものが、いったい何の役に立つんです？　ただ顔がゆがんで見えるだけのことじゃありませんか。子供じゃあるまいし、べつにおもしろくも何ともないな。普通の鏡ならば、実際の役にも立つし、装飾用にもなりますがね……」と。

しかし私をして言わしむれば、凸面鏡には凸面鏡自体としてのおもしろさがあるのであって、普通の鏡だったら、このすばらしい魔法の鏡の効果は得られないのである。光のたわむれは、じつに愉快なもので、鏡の表面がわずかにふくらんだ球面になっている凸面鏡は、まことに意想外な角度から、意想外な空間を切り取って鮮明に映し出してくれる。たとえば、ソファーの上に寝ころがって、普通の鏡ならばとても映し出すことのできない、庭の一角を凸面鏡のなかに眺めることができたとき、私の心は小さな快哉を叫ぶのだ。

＊

中世の人たちは、無邪気な素朴な好奇心をもっていたと見えて、彼らのなかには鏡に対する、とくに凸面鏡に対する愛好者が多かったようである。商工業がさかんで、経済的にも豊かであった十五世紀のフランドル地方の諸都市では、凸面鏡は、重要な室内装飾の一部であったらしい。たとえば、どんな美術全集にも必ず出てくるくらい有名な、ヴァン・アイクの『アルノルフィニ夫妻像』という絵を眺めてごらんになるがよい（どんな美術全集にも出ているはずですから、貴女のお家でも、きっと見られるでしょう）。『アルノルフィニ夫妻像』では、画面の前景に、新婚夫妻が仲よく手をつなぎ合って立っており、フランドル風の頭巾をかぶった可愛らしい花嫁さんは、お腹が大きくて、どうやら妊娠しているように見える。しかしまあ、そんなことはどうでもよかろう。問題は、ちょっと見たところ、室内に新婚夫婦が二人きりしかいないように見えるが、彼らのうしろの壁にかかった鏡を注意深くのぞくと、彼らのほかにもう二人、この部屋に入っている姿が映っているということだ。この鏡は、たしかに凸面鏡にちがいない。凸面鏡の魔術によって、画面に描かれていない人物まで、室内にいることが分るのである。これは、何もむずかしい説明をつける必要はなく、ただの画家のいたずらだと思ってもよかろうし、この当時、実際にそれほど凸面鏡が一般に普及していたということの、証拠だと思ってもよいだろう。

しかし、画家が鏡に惹きつけられるということは、理由のないことではないと思う。光を集めたり散らしたり、映像の色彩やコントラスト（対照）を高めたり強めたりするのが、鏡というもののふしぎな性質だからである。私は以前、抒情的な点描の筆致で、花を描いたり灯台を描いたりするので有名な、岡鹿之助画伯の田園調布のお宅を訪問したことがあったが、そのきれいな応接間の壁にも、細長い凸面鏡がかけてあったのを覚えている。おそらく岡画伯は、中世のフランドル派の画家たちが鏡を愛したのと同じ気持で、ひそかに鏡を愛しておられるのだろうと想像する。

私がふしぎでならないのは、どうして世の中の人間が、もっと鏡を有効に楽しく利用しようとしないのか、ということである。喫茶店などでも、大きな鏡で室内を広く明るく見せるよう工夫を凝らした店があるが、あれも決して悪いものではない。しかし、その場合、思い切って凸面鏡を使ったら、もっとおもしろい効果が出るのではないか、とも思う。もっとも、銀座のある喫茶店では、トイレットの壁にまで鏡をはりつめた店があるようだけれども、これなんかは悪趣味に属するというものだろう。

小さな箱のような部屋に閉じこめられて暮らしている現代人にとって、鏡は、夢幻的な世界への脱出のための手段であろう。部屋の壁をいろんな種類の鏡で飾ってみたら、どんなに楽しいことであろう。向き合った鏡と鏡の織り成す映像の交錯に、どんな童話的な幻想が浮かぶことであろう。

それなのに、鏡の専門店へ行っても、なかなか凸面鏡は手に入らないのである。自動車のバック・ミラーにあれほど用いられているのに、室内装飾用として、凸面鏡はほとんど製造されていないらしいのである。中世の素朴な心の人たちとくらべて、私たち現代人は、あまりにも楽しむことを知らなすぎるような気がするが、いかがなものであろうか。

横浜の元町通りで、ふと見つけた掘り出し物のことから、鏡をめぐっての現代文明批判にまで話が大きく発展してしまったが、どうも私には、あの鏡を自分が横浜で発見したということには、それなりの必然性があったような気がしてならないのである。横浜は、やはりヨーロッパから驚異や夢がたえず運ばれてくる港であり、私の父が祖父の船来の玩具のおみやげに狂喜したであろうように、いまだに私たちを狂喜させることのできる何物かを、もたらしてくれる場所らしいのである。

ランプの廻転

三島由紀夫が柳田國男の『遠野物語』の一節を引きながら、幽霊という非現実の存在を現実化させる力について論じている部分（『小説とは何か』所収）に、私は以前から、ちょっと異議を差挟んでおきたい気持があった。じつは三島の生前にも、私はそのことを本人を向って口にしたのだが、話がうまく嚙み合わず、不本意ながらそのままになってしまったおぼえがある。本人が幽明界を異にしてしまった今となって、その本人の語った幽霊談を蒸し返すのも奇妙といえば奇妙なことであろうが、まあ、三島もせいぜい幽界で苦笑するぐらいで、わざわざ幽霊となってこの世に出てくるほどのことは万々あるまいと思う。

ともあれ、少し長いが柳田國男の文章を次に引用してみよう。

「佐々木氏の曾祖母年よりて死去せし時、棺に取納め親族の者集り来て其夜は一同座敷にて寝たり。死者の娘にて乱心の為離縁せられたる婦人も亦其中に在りき。喪の間は火の気を絶やすことを忌むが所の風なれば、祖母と母との二人のみは、大なる囲炉裡の両側に坐り、母人は旁に炭籠を置き、折々炭を継ぎてありしに、ふと裏口の方より足音して来る者あるを見れば、亡くなりし老女なり。平生腰かゞみて衣物の裾の引ずるを、三角に取上げて前に縫附けてありしが、まざ〳〵とその通りにて、縞目にも目覚えあり。あなやと思ふ間も無く、二人の女の坐れる炉の脇を通り行くとて、裾にて炭取にさはりしに、丸き炭取なればくる〳〵とまはりたり。（後略）」

この文章のなかの「炭取がくるくると廻つた」という箇所が、三島の大いに力説してやまないところであって、彼によれば、これこそ日常的な現実を非日常的な超現実に切り替える、いわば「現実の転位のための蝶番」のようなものだという。つまり、ただ幽霊がこの世に出現するだけでは、それは目の錯覚かもしれず、幻覚かもしれず、私たちの現実はまだ少しも侵犯されてはいないが、その幽霊が物理的な力をもって、私たちの現実世界の物理法則に従った秩序を狂わせるとなると、これはもう、幽霊をふくめた超現実が圧倒的に優位に立ったことの証左であって、この畏怖すべき超現実を私たちは信じざるを得なくなるだろう、というわけである。炭取の廻転が幽霊の実在の紛う方なき証拠であって、作者の筆は炭取を廻転させることによって、幽霊のリアリティーを一挙に確保することになった、というわけである。

しかし私に言わせれば、ここには明らかに三島の論理の短絡（この言葉は好きではなく、今まで使ったこともないが、ほかに適当な言葉がないから初めて使うことにする）があり、二つの現実の混同があるような気がする。二つの現実とは、一つは佐々木氏の曾祖母の死んだ日の遠野郷の現実と、もう一つは柳田の筆が描き出した物語の現実である。私たちは、言うまでもなく明治時代の遠野郷に住んでいるわけではなく、佐々木氏の曾祖母の通夜に列席したわけでもないから、実際に炭取がくるくると廻ったのを見てはいないし、また見る必要もないであろう。ただ柳田の文章の力、言語表現力によって、それを内的に体験すれば足りるであろう。あえていえば、炭取が廻ったという物理的な事実は、それをその場で見ていたひとには「現実の転位」でもあったであろうが、柳田の言語表現力には直接に何の関係もないし、また今日、柳田の文章を読む私たちにとっては、さらに何の関係もないのである。柳田の筆が廻転させたのは、現実の遠野郷の炭取ではなくて、あくまで私たちの想像裡の炭取にすぎないからだ。

ここまで言ってしまうと、この私の論旨はあんまり当り前すぎて、今までくどくどと述べてきたこと自体、何だか馬鹿馬鹿しいような気がしてくるほどである。しかし断わっておかねばならないのは、私がここで、もっぱら三島の論理のあらを探すために、わざわざ柳田國男の文章などを引っぱり出してきたのでは決してないということだ。たしかに三島の内心には、イスラエル軍のラッパの響きによって、エリコの城壁の崩れるような奇蹟を待望する心情があったであろう。言葉の力によって、炭取の動くような超現実を信じたい気持があったであろう。しかし私が言いたいのは、必ずしもそのことではない。そんな神秘主義に関心があるわけではないのである。私は、たとえば炭取などといった、つまらない日常の器物に着目し、よしんば論理は短絡していようとも、その日常の器物の不思議な廻転にこそ、小説を小説たらしめる本質があると主張した三島の文学観に、深い共感をおぼえるのである。

実体がないはずの幽霊の着物の裾に炭取がさわって、炭取がくるくると廻ったというシーンは、柳田國男の力強い簡潔な筆によって、私たちの心に生き生きと喚起され、それがこの短い一篇の物語の眼目となっている。焦点となっている。たしかに私たちの想像裡においては、柳田の筆の力によって、炭取はくるくると廻ったと言ってもよいであろう。炭取の廻転は、ここにおいて、具体的にして象徴的な価値を帯び、あらゆる超現実の実在を認知するための指標となったのだ。——三島の言わんとしていたことは、要するに、以上のようなことであったと思われる。

理窟を抜きにして簡単に言ってしまえば、『遠野物語』にふくまれる百余篇の物語のなかから、くるくると廻る炭取などといった、子供っぽい奇妙なオブジェを選び出し、これを象徴的な価値にまで高めなければ気が済まなかったところに、私は、いかにも三島由紀夫らしい、小説家としての好ましい気質を認めないわけにはいかないのである。この私の論理は、はたして短絡しているだろうか。

短絡であろうとなかろうと、そんなことはどうでもよいのであって、じつは私の頭のなかには、この『遠野物語』における炭取の廻転のシーンから、ただちに思い出さなければならないところの、記憶のなかのもう一つ別のシーンがあったのである。もしかしたら、古来の幽霊譚あるいは妖怪譚のなかで、炭取のような日常の器物を廻転させるという手法は、かなり常套的な手法となっているのではあるまいか、とさえ私には思われた。次に引用するのは、泉鏡花の『草迷宮』のなかの一節である。

「其の立廻りですもの。灯《あかり》が危いから傍《わき》へ退いて、私は其の毎《たび》に洋灯《ランプ》を圧《おさ》へ圧へしたんですがね。

坐つてる人が、真個《ほんと》に転覆《ひつくりかへ》るほど、根太《ねだ》から揺れるのでない証拠には、私が気を着けて居ます洋灯《ランプ》は、躍りはためく其の畳の上でも、静《じつ》として、些《ちつ》とも動きはせんのです。

然し又洋灯《ランプ》ばかりが、笠から始めて、ぐる〳〵と廻つた事がありました。やがて貴僧《あなた》、風車のやうに舞ふ、其の癖《くせ》、場所は変らないので、あれ〳〵と云ふ内に火が真丸《まんまる》になる、と見て居る内、白くなつて、其《それ》に蒼味がさして、茫《ぼう》として、熟《じつ》と据《すわ》る、其の厭《いや》な光つたら。」

ちょっと説明しておくが、このシーンは、化けもの屋敷における連夜の化けものの活動のありさまを、屋敷に逗留している若い青年が、聞き手の僧に描写しているところである。『草迷宮』における化けもの屋敷の叙述には、ポルターガイストめいた小妖怪の執念深い跳梁から、最後に人品卑しからぬ大魔人の出現するクライマックスにいたるまで、稲垣足穂が短篇『山ン本五郎左衛門只今退散仕る』を書くための粉本とした、平田篤胤の聞書『稲生物怪録』に出てくる化けもの屋敷の描写のディテールにぴったり符合する部分が幾つかあり、明らかに鏡花はこれを参考にして書いたと思われるが、今はこれについてふれないでおこう。ここで私が言いたいのは、この『草迷宮』の化けもの屋敷においても、妖怪の存在を認知するための指標として、日常の器物の廻転が作者によって利用されているということだ。

　畳がむくむくと下から持ち上がっても、そこにいる人間や器物がひっくり返らず、じっと静止しているままであるならば、その家鳴り震動も、あるいは幻覚と言って済ませられるかもしれない。しかし、それまで静止していたランプが、何ら物理的な力を加えられることなしに、笠から始めて、ぐるぐると廻り出すにいたっては、もういけない。私たちはここで、超現実の侵犯を信じざるを得なくなるであろう。――このシーンで、ランプが『遠野物語』における炭取と、まったく同じ役割を果しているのは申すまでもあるまい。

『草迷宮』が書かれたのは明治四十一年以前のことであるから、当時、鏡花はまだ、柳田國男の採集した物語を読むべくもなかったはずである。のちに鏡花は『遠野物語』を手にして、「再読三読、尚ほ飽くことを知らず」と嘆賞した。宜なるかな、と言うべきであろう。

　ランプが廻転しようと炭取が廻転しようと、それがどうした、そんなことは文学の本質に何の係りもないではないか、というようなことを言い出すひとは、おそらく、柳田國男や泉鏡花の良い読者では決してあり得まい。まさに三島由紀夫の言う通り、「何百枚読み進んでも決して炭取の廻らない作品がいかに多いことであらう。炭取が廻らない限り、それを小説と呼ぶことは実はできない」のである。

*

ランプの廻転はほんの小道具にすぎないとはいえ、私が数多くの鏡花作品のなかでも、とりわけて『草迷宮』の一篇を愛しているのは、その作品全体が、なお廻転する迷宮のような印象を私にあたえてやまないからである。廻転する迷宮というのは冗語法《プレオナスム》のたぐいかもしれない。すべての迷宮は、そもそも廻転する螺旋構造を内包しているはずだからだ。この私の印象には、むろん、作品のなかで重要な象徴的役割を果す、あの手毬のイメージが重なっていることをも言っておかねばならぬであろう。

『草迷宮』の粗筋をざっと説明すれば、——物語の主人公ともいうべき人物は、子供のころ、今は亡き母から聞いた手毬唄の文句を、ふたたび聞きたいという夢のような熱望に駆られて、日本全国を行脚している青年、葉越明である。明はたまたま、三浦半島の葉山に近い秋谷海岸にきて、川に浮かぶ手毬を発見し、あるいは手毬の持主に会えるのではないかという期待のもとに、そのまま秋谷の資産家の空き別荘、いわゆる秋谷屋敷に逗留することになる。この秋谷屋敷で、彼はあたかも『稲生物怪録』の平太郎少年が経験したような、化けものの執拗な来襲を受けねばならなくなるのである。

しかし、それだけでは少しも『草迷宮』の小説的構造を解き明かしたことにはならないだろう。この小説では、三つの時間が三重構造になって、空間的に投影すれば同心円状に積み重なり、その同心円の中心に秋谷屋敷という、いわば迷宮の中心たる至聖所

（あるいは魔の住処）が配置されているような按配なのである。少し長くなるが、三つの時間の一つ一つを解説してみよう。

まず第一の時間は、旅の修行僧たる小次郎法師を相手に、街道の茶店の老婆の語って聞かせる、いわば秋谷海岸の前史ともいうべき過去の物語のそれである。小次郎法師は、秋谷屋敷に主人公の明とともに泊ることになる、或る点から眺めれば明のアルテル・エゴともいうべき男であるが、一方、鏡花の愛した夢幻能の形式という見地から見るならば、終始一貫、ワキとしての役割を忠実に守っている男である。

さて、老婆の語る過去のなかで、とくにここに述べておかねばならないのは、嘉吉という頭の狂った男のエピソードである。嘉吉が酒に酔って正体なくなり、荷車に縛りつけられて運ばれてゆくのを、どこからともなく現われた神々しい美女が呼びとめ、嘉吉を下ろして介抱し、彼に美しい緑色の珠をあたえる。大きな蛍のように光る珠である。去ってゆくとき、美女は「此処は何処の細道ぢや、天神さんの細道ぢや」という澄み切った歌声を残す。老婆はさらに、秋谷屋敷の持主たる土地の資産家、鶴谷一家に起った度重なる不幸についても語るが、この不幸のなかで死ぬ若い産婦の目の前にも、無数の光った蛍が現われる。以来、秋谷屋敷は住むひともない、荒れ果てた家となる。

第二の時間は、秋谷屋敷に同宿した小次郎法師を相手に、主人公の明の語る、彼自身の幼年期の物語のそれである。前にも述べたように、亡き母から教わった手毬唄を、明は何とかしてもう一度聞きたいと念願しつつ、この手毬唄の文句を知っている可能性のある人物に、ひとりひとり当ってみるのだが、可能性はすべて空しく潰えてしまう。ただひとり残ったのが、かつて幼い自分が遊んでもらったことのある、神隠しに遭ったという近所の美しい娘で、その名を菖蒲《あやめ》という。この行方不明の娘を、或る時、明は街でちらと見かけたことがある。娘は、笠をかぶった猟師ふうの男、しかも鉄の鎖で一頭の熊を引きつれた男と一緒にいた。明に気がついて、娘は遠くから、にっこり笑った。

第三の時間は、秋谷屋敷の現在である。そこに連夜のように化けものが来襲して、泊っている明をしきりに攻め立てたことは前に述べた。明はべつに豪毅というのではないが、何事に対しても無心で、自由に振舞う天性の資質があったため、ついに化けものの方が根負けして退散し、『稲生物怪録』におけると同じく、最後に魔界の権力者、秋谷悪左衛門の登場を見るにいたる。悪左衛門とはいかなる魔人かというと、「凡そ天下に、夜を一目《ひとめ》も寝ぬはあつても、瞬《またゝき》をせぬ人間は決してあるまい。悪左衛門をはじめ夥間《なかま》一統《とう》、即ち其の人間の瞬く間を世界とする」といった人物だ。この魔人につづいて、魔人の眷族に守護されている高貴な女人が登場するが、ここにいたって、物語は急速に大団円に接近する。すなわち、夢幻能のアナロジーで言えば後ジテの登場だ。

ただし、このとき明は昏々と眠っていて、秋谷屋敷に出現した魔人や美女に応対するのは、最初からのワキ役である小次郎法師なのである。私が前に、小次郎法師は明のアルテル・エゴではないかと言ったのは、このためである。

美女は蚊帳越しに明の寝顔を見ながら、「お最愛《いと》しい、沢山《たんと》お窶《やつ》れ遊ばした。罪も報《むくい》もない方が、こんなに艱難辛苦して、命に懸けても唄が聞きたいとおつしやるのも、母《おつか》さんの恋しさゆゑ。其の唄を聞かう〳〵と、お思ひなさいます心から、此頃では身も世も忘れて、まあ、私を懐しがつて、迷つて恋におなりなすつた。其の唄は稚《おさな》い時、此の方の母さんから、口移しに教はつて、私は今も、覚えて居る」と言う。こう言うところを見ると、彼女は例の、神隠しに遭ったという近所の娘ではないかとも思われるのだが、そういうふうに具体的に限定してしまう必要は少しもないので、この魔界の美女は、かつて嘉吉に緑色の珠をあたえた女でもあり、明が川で拾った手毬を流した女でもあり、秋谷屋敷に数々の妖怪変化を出現せしめた女でもあり……いや、それどころか、明が手毬唄に仮託した母性思慕の情を捨て切れないかぎり、将来において何度でも遭遇し、何度でもすれ違わなければならないであろうところの、いわば母としての女の原型でもあるのである。

　私が前に、三つの時間が同心円状に重なっていると述べたことを、ここで読者は容易に理解されるであろう。第一の時間も、第二の時間も、すべて迷宮の中心たる第三の時間に向って収斂するのである。いずれの時間にも美女が介在したが、これらすべては同じ女の転身の姿にほかならなかったのである。第三の時間の支配する秋谷屋敷は、何なら魔圏だと言ってもよかろう。迷宮のアナロジーで言えば、ここにミノタウロスが棲んでいるのだ。そして、たしかにミノタウロスは棲んでいたし、アリアドネーは糸玉ならぬ手毬をもって、若いテーセウスたる明をここへ導いたのであった。

秋谷屋敷の迷宮は、むろん、クレタ島のそれのように幾何学的な石造建築ではなく、いかにも鏡花世界にふさわしい、鬱蒼たる植物の繁茂した、小川の水の豊かに流れる湘南の一隅である。ごく近くには海さえある。しかし、それが迷宮としての特徴の一つ一つを具えていることに変りはなくて、私はむしろ、そのことに驚きの念を禁じ得ないほどなのだ。

まず第一に、旅人の遍歴があり、遍歴する旅人の目的として、迷宮の中心の部屋に到達しようとする強固な意志がある。次に、迷宮の中心に到達するために必要な、イニシエーションとしての試練があり、中心の部屋には怪物がいる。これだけでも迷宮成立のための条件は十分に満たされていると思われるのに、さらにアリアドネーの糸玉の代替物と見なして差支えない、手毬のシンボルがある。ギリシア神話のヴァリアントでは、アリアドネーがあたえるのは光り輝く王冠だったというから、この方が手毬に一層近いかもしれない。手毬は時に緑色の珠になったり、光りながら飛ぶ蛍になったりして、明らかに廻転する迷宮の全体を象徴しているかのようだ。

ただ、この明というテーセウスは奇妙なテーセウスで、甘んじて試練を受けたはよいが、ミノタウロスを殺そうともせず、アリアドネーと手をたずさえてナクソス島へ遁走しようともしない。あろうことか、幕切れには眠りこんでしまうので、そもそも迷宮から脱出する意志がまるでないのである。旅人が脱出することを欲しない迷宮。これがおそらく、鏡花のつくりあげた迷宮の、その他多くのそれと決定的に異った一点であろう。

る。

——とまあ、私は差当って、この点を指摘しておきたいと思う。

『ホフマンスタールと迷宮体験』のなかで、マルセル・ブリヨンは次のように述べている。

「迷宮に入りこむ旅人にとって、目的は中心の部屋、密儀の地下室へ到達することである。しかし、ひとたび到達したとき、彼はそこから脱出し、外部世界にふたたび戻らねばならぬ。つまり新しく誕生するわけだ。これがすべての密儀宗教、すべての宗派の行うことであって、ここでは迷宮への旅は、人間が新しくなって生まれ出る変身のための、必要欠くべからざる過程と見なされているのだ。旅が難儀をきわめ、障害の数が多ければ多いほど、それだけ信者の変化も大きく、この巡回のイニシエーションの過程で、大きく変化した新しい自我を獲得するのである。」

『草迷宮』の主人公は、『稲生物怪録』の豪胆な少年のように、化けものと積極的に戦う気持は毛頭なく、したがって、イニシエーションの試練を受けても、それによって新しく生まれ変る、つまり、一人前の大人になるということがないのである。いや、化けものの来襲も、彼にとっては、イニシエーションとしての意味をほとんど持たないであろう。なぜなら、ブリヨンの言うように、彼は障害を乗り越えて「新しい自我を獲得する」どころか、永遠の母性憧憬という夢のなかに、その自我をぬくぬくと眠らせたままでおくのだから。化けものも、これでは張り合いがなくて退散せざるを得ないだろう。

『草迷宮』の幕切れには、魔界の美女が腰元たちとともに、深い眠りに落ちこんでいる明の目の前で、手毬をついてみせる場面がある。女たちの白い手が交錯するなかを、色も鮮かな無数の手毬が目まぐるしく飛び交うこの場面は、鏡花の小説のラスト・シーンのなかでも、とりわけて美しい。すなわち、「壁も襖《ふすま》、もみぢした、座敷はさながら手毬の錦——落ちた木の葉も、ぱらぱらと、行灯《あんどう》を繞《めぐ》つて操る紅《くれなゐ》。中を縢《かが》つて雪の散るのは、幾つとも知れぬ女の手と手」といった、まさに廻転する迷宮の物語のクライマックスにふさわしい、さながら豪奢な一幅の琳派の絵のごとき絢爛たる光景を展開するのだが、おもしろいことに、この光景を眺めている小次郎法師は、かつて自分が少年のころ、故郷の山寺の涅槃会で、これとまったく同じ光景を眺めたことがあったのではないかという、デジャ・ヴュに似た、奇妙な錯覚にとらわれるのである。しかも、このとき彼は、そばで眠っている明もまた、夢のなかで、この同じ光景を眺めているのではないだろうか、と考える。

ここで明らかになるのは、秋谷屋敷という一つの迷宮世界、一つの魔圏が、主人公たる明の退行の夢の世界でしかなかった、ということだろう。またしても同心円のイメージが現われる。しかも今度は、すべての物語の時間がヴェクトルを逆にして、明の夢に向って収斂するのだ。いや、明の夢が大きくふくれあがって、すべての物語の時間を呑みこんでしまったのだと言ってもよい。その夢のなかで、明は幼児になっている。明の寝顔を眺めて、魔界の美女が「まあ、稚児《をさなご》の昔にかへつて、乳を求めて、……あれ、目を覚す……」と言うのは、そのためだ。

明の側に、迷宮から脱出する意志がなかったのも、化けものと戦う気持がなかったのも、考えてみれば道理と言うべきであろう。彼はみずから進んで、迷宮という一つの退行の夢のなかに落ちこんだのだから。

　退行の夢とは、いわば出口なき迷宮であろう。手毬唄を求めて日本全国を放浪しても、秋谷屋敷の魑魅魍魎の総攻撃を受けても、明の側に、一人前の大人になろうという意欲が根っから欠けている以上、それは結局のところ、永遠の堂々めぐりに終るしかないらしいのだ。ヨーロッパの聖杯伝説の系統をひくロマン主義小説の主人公ならば、たとえば「青い花」に象徴されるような、何らかの形而上学的な観念を求める旅の果てに、ついに新しい人間（ブリヨンの言うような）として生まれ変るというようなこともあり得ようが、鏡花の小説の主人公の場合、そういうことは決して起らない。だから、よく言われるように、鏡花には超越への志向が欠けているというのも、あるいは一面の真実であるかもしれない。ただ、私には、鏡花が一般のやり方とは逆のやり方で、無意識に彼自身の超越を実現していたような気がしてならないのである。

　奇矯な言辞を弄するようであるが、退行とは、もしかしたらマイナスの超越、あえて言えば逆超越ではあるまいか。

*

　テーセウスのように、首尾よく迷宮から脱出することのできた者は、選ばれた少数者であり、この上ない幸運に恵まれた者であろう。誰でもが、このような幸運に恵まれているとは限らないし、神々に愛されているとも限らない。少なくともアリアドネーにめぐり遭うのは、稀有な僥倖であろう。だから、神々に愛されない不幸な者は、いっかな迷宮から脱出することを得ず、永遠に不毛な彷徨をつづけなければならないのである。

とはいえ、この永遠の不毛な彷徨を、いつ終るともなき豊かな体験に一変させる方途はないものであろうか。おそらく、たった一つだけあるのだ。しかし、これも望んで手に入れられるというような種類のものではない。それは何かというと、少なくとも生涯に一度、——たぶん大人になる前——迷宮の中心の部屋に到達したことがあるという、何物によっても揺るがされることのない確信である。十歳で生母を失ってから、鏡花はこの確信だけで生きてきたと言っても過言ではないであろう。

この確信によって、迷宮の灰色の歩廊の堂々めぐりも、彼にとっては少しも苦痛ではないものとなる。迷宮の中心の部屋に何があるかを、彼は知りすぎるほど知っているのだ。かくて迷宮を出たがらないテーセウスは、アリアドネーの糸を摑んでは放し、また摑んでは放す。まるで遊んでいるかのようだ。すでに迷宮は彼にとって、そこへ行けば必ずアリアドネーの幻影を呼び起すことが可能な、一種の棲み心地よい場所となっているかのごとくである。このアリアドネーには、個としての顔の特徴などは無くても一向に差支えない。類型でよいのである。何度も現われては消える女の幻影に、いちいち顔の特徴などを付与していられるだろうか。それぞれ違う女のように見えて、窮極的には同じ女であるしかない、この女の原型に？

鏡花の時間が、『草迷宮』の分析によって一例を知り得たように、一般に二重構造や三重構造になっているという特質を有するのも、今まで述べてきたことと無関係ではあるまい。それは迷宮の螺旋構造とぴったり対応しているはずだ。私は好んで同心円の比喩を使ったが、たとえ時間が何重構造になっていたとしても、それは中心の窮極の円のなかに吸収されてしまって、最後には無時間の夢になってしまうのである。

同じことを何度も繰り返すということは、とりも直さず、時間を廃棄したいという願望にほかならぬ。類型を限りなく作り出すということも、同じ願望の別の表現でしかあり得まい。『草迷宮』の幕切れで、明が幼児の眠りを眠っていた時間は、すでに時間の廃棄された無時間の時間である。秋谷屋敷に出現する秋谷悪左衛門が、自分たちは「人間の瞬く間を世界とする」と公言していたのは、この文脈から考えると、まことに意味ふかい暗合と言わねばならぬであろう。

同じく生涯にわたって迷宮体験から逃れられなかった作家として、私はカフカの名前を思い出す。今まで何度も出そうとして躊躇していたのだが、いよいよここで、この名前を出してしまおう。もっとも、この両者の想像力の質はまるで違っていて、一方が水のイメージを好む、奔放に湧き出る流動的な想像力の持主だったとすれば、他方は石や甲殻のイメージを好む、堅く凝固した想像力の持主だったと考えられる。にもかかわらず、もし両者のあいだに強いて共通点を求めるとすれば、それこそ迷宮体験によって象徴される、大人になりたくないという願望、というよりもむしろ、大人になってからも何度となく、ひそかに迷宮の中心の部屋へ降りて行って、そこに幼児の眠りを見つけ出さずにはいられなかったという資質であったであろう。いわば両者とも、退行の夢に憑かれていたという点で、比較が可能のように私には思われるのだ。そのカフカの『巣』という、地底の迷宮を描いた小説のなかに、次のような一節がある。

「ここにこそ、半ば平和に眠り、半ば楽しく目ざめながら、私が歩廊のなかで過ごす快い時間の意義がある。これらの歩廊は、のびのびと身体を伸ばしたり、子供のように転げまわったり、うっとりと横たわったり、満ち足りて眠りこんだりするために、私の身体にぴったり合うように造られているのだ。」

　これはあたかも母胎内の感覚であり、カフカにとっての迷宮がすでに、自分の喜ばしい孤独を保障するための、一種の小さな隠れ家になっているということを明かすものだろう。極小の迷宮とは、もしかしたら母胎そのものなのかもしれない。もしテーセウスのように迷宮から脱出することが、新しく誕生することだったのだとすれば、どうしても迷宮と母胎とは同一化されざるを得ないだろう。事実、世界中の民俗において、迷宮と母胎とは、しばしば同じ螺旋のサインによって表現されているともいう。

　ところで、母胎のなかで息苦しく窒息しそうな感覚は、鏡花にはまるで縁のないものだった。このあたりが鏡花をして、あのプラハの独身者から大きく隔たらしめるところの眼目であろう。鏡花の迷宮が、その核に母胎のイメージを保持しながら、小さく凝縮したかと思うと、次には大きくふくれあがる、伸縮自在の同心円の迷宮だったことは、私がこれまで再三にわたって指摘してきたところである。おそらく、これが鏡花の精神の健康の秘密だったにちがいない、と私は考えたい。個としての顔のない、人形のような女の類型を限りなく再生産することのできる精神は、男の精神として、健康と言う以外に言いようがないではないか。

それにしても、「草迷宮」とはいったい何であろうか。どんな種類のラビュリントスの意味を、鏡花はこの言葉に籠めたのであろうか。典拠は何であろうか。漢籍であろうか。あるいは造語であろうか。私には残念ながら、ついに知ることができなかった。ご存じの方があったら、ぜひ教えていただきたいものである。ただ、鏡花がヨーロッパの迷宮神話を知っていたことは、ほぼ間違いないところであろう。

エリアーデが比較宗教学の領域で、「中心のシンボリズム」ということを提唱しているのはよく知られているが、何によらず物体の廻転を愛するという傾向のなかにも、このシンボリズムがあらわれているのではないか、と私は考えている。独楽であれ、ランプであれ、炭取であれ、迷宮であれ、およそすべての物体の廻転運動は、中心軸を抜きにしては考えられないからである。そして、さらに私の独断をつけ加えるならば、この廻転と中心軸の愛好のうちにこそ、精神の健康を保つ秘密があるにちがいない、と言いたいのだ。

地震と病気

谷崎文学の本質

文学好きの人なら誰でも知っている話であるが、泉鏡花はあたかも原始人か幼児のように、自然に対する恐怖心を生涯もちつづけた作家で、つねに雷鳴におびえ、犬を猛獣のごとく怖がり、道路に犬が寝ていると、そのそばを通るのさえ怖くてたまらず、散歩にはいつも夫人が付き添ったという。それでは谷崎潤一郎の怖がったものは何だったろうか。

これも万人周知のことと思うが、谷崎は地震におびえ、そのために（むろん、それだけの理由ではないけれども）東京を引越して関西に移ったほどであり、また病気に対する極端な恐怖心を生涯にわたって抱きつづけていた。谷崎の病気に対する恐怖心が最もよく出ていて面白いのは、晩年の短篇『三つの場合』の第一話「阿部さんの場合」であろう。

私が鏡花と潤一郎をならべて、こんな怖いものの比較を試みたのは、ただ物好きな気持からだけではない。もっとも、これをもって比較文学などと称しては、駄洒落にもならないだろうぐらいのことは、私といえども承知しているつもりである。私が言いたいのは、恐怖とは人間の気質に密着しているものだから、ここに二人の作家の気質が端的にあらわれており、ひいては、それが作品の上にも色濃く反映している、という単純な事実である。

雷におびえる作家は、恐怖とともに、天上界に対する畏敬の念をいだいていたはずであり、一方、地震におびえる作家は、その恐怖も畏敬の念も、地上界のみに限られていたはずなのである。

谷崎の興味は徹頭徹尾、地上界にあって、鏡花のようにお化けや幻影に憑かれたことは一度もなく、あえて言えば、人間とは人間以外のものに変形する可能性が全くなく、むしろ生理現象に還元し得るもの、と信じていたような節がある。事のついでにもう一つ、いささか強引なアナロジーを弄すれば、地震とは大地の生理現象であり、いわば女性におけるメンスのごときものではなかろうか。

実際、谷崎くらい文豪の名をほしいままにしていて、しかも終生、形而上学にもポエジーにも無縁だった作家は珍らしいのではないかと私は思うのである。自分でも病気を怖がったが、自分の散文が病気になることを極度に警戒していて、散文の健康につねに留意していたから、彼の文章は、いつわりの熱狂によって曇らされるということが絶えてなかった。詩とは、いわば散文の病気である。谷崎は衛生的配慮によって、散文の病気をしりぞけた。

人間生理の地獄を洞察したという意味では、谷崎はフランス十八世紀の暗黒小説作家や、二十世紀のプルーストにも比較されようが、これらの西欧の作家たちの血肉に深く刻みこまれていた、あの霊と肉との二元論的対立の契機を全く欠いていたという、よかれあしかれ、日本的風土の限界内に踏みとどまらざるを得なかったのは、致し方なかったようだ。よく言われるように、谷崎には思想がないというのは正しくなく、正確には形而上学がないと言うべきなのである。――しかし、形而上学なんかなくても結構ではないか。

病気にこだわるようだが、あの谷崎の最後の怪作（？）『瘋癲老人日記』が、全篇これ老人の病状と薬の名前の羅列に終始しているように見えたことに、私は初読の際、異様な感銘をおぼえた記憶がある。果然、病気こそは、生理的危機こそは、この作家の形而上学の代替物だったのである。最後の作品で、このことが露わになった。私にはうまく説明できそうもないが、たしかにノヴァーリスが言ったように「病気のなかには超越性がある」らしいのである。あるいは、これをワーズワースが言ったように「苦痛は無限の性質をもっている」という風に言い変えてもよろしかろう。

病気や苦痛の本質的な性格は、これらの経験がほとんどあらゆる場合にもっている否定性、もしくは受動性なのである。潤一郎のマゾヒズムは、その根がおそろしく深かったと見るべきだろう。彼は天上界に飛び立つタイプの作家ではなく、あくまで地を這いずりまわるタイプの作家だった。――こんな当り前の結論しか出てこないことに、もしも読者が不満をおぼえられるならば、あの濛々たる世間の誤解の雲におおわれた、『瘋癲老人日記』をもう一度読み直してみようという気になっていただきたい。

『亂菊物語』と室津のこと

一昨年だったか、京都から足をのばして播州室津を見に行ったのは、もっぱら谷崎潤一郎の『亂菊物語』の影響によるところだといってよい。じつをいえば、もうずいぶん前から一度ぜひ室津を訪れたいと念願していたのが、ようやく機会を得て実現したというわけだったのである。

五月の連休が終ったばかりの室津は、観光客のすがたがまったく見られず、ひっそりとしていた。おまけに雨もよいで、それがますます古い忘れられた港町の印象を強めていた。むかしの娼家らしい細い格子の窓のある家々もいくらか残っていたが、私にとって意外だったのは、その有名な小五月の祭の情景が『亂菊物語』のなかにも活写されている加茂神社の豪壮さだった。港の突端のこんもりと樹々の茂った丘の上にあって、室津湾を一望のもとにおさめている。オーソドックスな流造、檜皮葺の社殿は堂々たるものである。

その境内に、樹齢三百年とか五百年とかいわれる蘇鉄が自然の状態で群生しているのも、いかにも南国的な感じでおもしろかった。『亂菊物語』の時代に、この蘇鉄がはたしてあったかどうか。もし樹齢五百年が正しければ、あったということになろう。ちょうど青葉の季節で、雨に濡れた緑がたけだけしく氾濫しているような感じであった。

大ざっぱな議論をするようだが、私には、平安末期の院政期あたりから鎌倉時代、南北朝時代、さらに室町時代とつづく動乱の時代が、日本の歴史のなかでも、いちばんおもしろい時代だったような気がしてならない。武士のなかにも婆娑羅《ばさら》大名みたいな飛びきりの人物がいたが、どちらかといえば、この時代にあって私の目を惹くのは、社会の下層を形成している宗教者や芸能者といった連中である。『亂菊物語』にも、いわゆる馬腹術を行ったり鼠に化けたりする放下僧が出てくるが、こういう連中が諸国一見の聖《ひじり》などとともに全国を股にかけて歩きまわっていたので、当時は社会の基底部が大きく流動していたと見るべきなのである。

歩きまわるといえば、もちろん遊女や白拍子も歩きまわっていたであろう。室津には古く奈良時代から遊女がいたという説があるが、清盛が福原に都を遷すとともに、江口や神崎をはじめとして各地から遊女が集まってきて、一躍、室津の遊里は繁栄をきわめることになったという。その後、鎌倉時代の日宋貿易、室町時代の日明貿易によっても大いに繁昌した。倭寇時代には、家島《いえしま》海賊の根拠地として栄えたらしい。谷崎は、こうした室津の沿革に目くばりを利かせて、日本の歴史のなかでもいちばんおもしろい応仁の乱後の一時代を、『亂菊物語』のなかに極彩色の華麗な筆致で描き出したのである。『亂菊物語』には大名が出てくる。武士が出てくる。海賊が出てくる。お姫さまが出てくる。遊君が出てくる。放下僧が出てくる。明の商人張恵卿などといった人物が出てくる。それに人間ではないが、海鹿《あしか》と馬とのあいだに出来た合の子だという、奇怪な海鹿馬なる動物まで出てくる。伝奇小説というジャンルのおもしろさを十分に発揮させて、作者は空想の翼をのびのびと拡げている。あんまりのびのびと拡げすぎてしまったために、しまいには収拾がつかなくなって、この小説も例のごとく中断したまま終っている。

谷崎の数多い小説のなかで、いちばんの傑作はなにかと問われれば、私としても『卍』とか『蓼喰ふ蟲』とか『少将滋幹の母』とかを勘案しなければならないところであろうが、いちばん好きなものはなにか、ということになれば、まずもって『亂菊物語』に指を屈したくなる私なのである。

日本には、良質の文体でつづられた伝奇小説が、あまりにも少ないような気がする。谷崎は、こういう方面に手を染めた、まれなる純文学作家だったと考えてよいだろう。純文学というのは好きな言葉ではないが、こういう場合には使わざるをえまい。

室津で、私は浄運寺という寺にも行ってみた。法然上人が讃岐の配所へ渡海のみぎり、ここで遊女友君に会い、同女に仏道をさとしたという縁起のある寺で、海沿いの町並みから山のほうへ少し奥まった、見晴らしのよい斜面にある。なにしろ遊里の元祖のような町だから、遊女の伝説が幅を利かせているのである。この寺の庭で石碑などを見ていると、いよいよ雨は本降りになってきたので、私は待たせておいたタクシーに駆けこんだ。

この時の旅行では、播州赤穂で食った穴子、岡山で食ったママカリが、すてきにうまかったということを最後に報告しておこう。

江戸川乱歩『パノラマ島奇談』解説

江戸川乱歩作品のなかで、おそらく最も人口に膾炙しているのが『パノラマ島奇談』ではなかろうか。少年時代、ひそかにこれを読んで、そこに極彩色の筆で生ま生ましく描き出された、最も原始的な人間の欲望の開放された人工楽園の夢想に、なにやら後めたいような共感と反撥の感情を味わった経験のある者は、私ばかりではあるまい。かように、この作品は乱歩のベスト・スリーにほとんど必ず加えられるほどの、著者自身にとっても会心の作となっているらしいのであるが、このことについては、それなりの理由があると私は考えている。つまり、この『パノラマ島奇談』は、乱歩の夢想の最もストレートに開花した、稀に見る幸福な作品なのであって、そのなかに、いわば乱歩文学を一貫しているモティーフの原形ともいうべきものが読みとれるのだ。

私は前に、ある文章のなかで、乱歩文学を貫く千篇一律のモティーフとして、人形嗜好、メカニズム愛好、扮装欲、覗き趣味、ユートピア願望などといったものを数えあげたことがあるけれども、これらの志向を一括する文学的インファンティリズム（幼児型性格）は、何よりもまず、この作者の三十二歳当時の傑作『パノラマ島奇談』のなかに、堰を切ってあふれ出ている感じなのである。そういう意味で、この作品は、とかく著者自身にも気に入らないものが多かった当時の乱歩の長篇のなかで、作者が楽しみながら書いたことがはっきりと分る、めずらしい作品と言えるかもしれないのだ。

本文中にも記されている通り、この小説の主人公は若年からユートピア文学の愛好家で、とくにエドガー・ポーの『アルンハイムの地所』のような、「地上の楽園としての美の国、夢の国としての理想郷」に惹きつけられるが、これはそのまま、作者自身の生来の趣味の告白と言っても差支えないだろう。すなわち、私見によれば、『パノラマ島奇談』はポーの『アルンハイムの地所』の直接の影響のもとに書かれたのである。それと、もう一つ、忘れてならないのは谷崎潤一郎の影響であろう。まだ探偵作家として出発するより前の放浪時代、伊豆の温泉で、宿のつれづれに、ふと手にして読んだ潤一郎の『金色の死』について、乱歩は次のように書いている。

「私はこの小説がポーの『アルンハイムの地所』や『ランドアの屋敷』の着想に酷似していることをすぐに気づき、ああ日本にもこういう作家がいたのか、これなら日本の小説だって好きになれるぞと、殆んど狂喜したのであった。」(『探偵小説四十年』)

『金色の死』と『パノラマ島奇談』とは、実際、驚くほどよく似ている。浴槽のなかに大ぜいの裸女が跳ねまわっているという、エロティックな人工楽園のイメージまでが、そっくりなのである。直接の影響は、むしろポーより潤一郎の方から受けていたのかもしれない。ポーの『ランドアの屋敷』は、贅沢だけれども徹底的に簡素であって、ゴシック趣味という、一定の統一的な美学によって支配されているが、潤一郎と乱歩の人工楽園は、何がなし往時の浅草の花屋敷を思わせるような、徹底した俗悪ぶりであることも共通している。しかし私は、潤一郎のいかにも大正期の文学青年らしい、みじめな様式的混乱を露呈した、泰西美術の滅茶苦茶な導入よりも、乱歩の子供っぽい水族館やパノラマのメカニズムの方が、同じく俗悪とはいえ、まだしも美学的に許せるような気がしないこともない。少なくとも、『金色の死』よりは『パノラマ島奇談』の方が、詩的であることだけは確実なのだ。

ちなみに、水族館やパノラマといえば、どうしても思い出さないわけに行かないのは、あの密室のユートピアンともいうべき『さかしま』のデ・ゼッサントであるが、乱歩はユイスマンスを読んでいなかったようである。私の翻訳した『さかしま』が刊行されたのは、乱歩の死の三年前であった。

そもそも乱歩の小説には、生まれつき妙な気質、妙な趣味をもった男が、金と暇とに飽かせて、苦心惨澹の末、世人をあっと言わせるような、風変りな自分の夢想を実現するというパターンを示しているものが圧倒的に多く、『パノラマ島奇談』も、明らかにこの系列に属するものと言える。『鏡地獄』や『人間椅子』だって、そのヴァリエーションの一つと言えば言えないこともないのであって、メカニズム愛好とユートピア願望とは、これらの初期作品で、いつも手を結んでいる。おそらく、乱歩がいちばん書きたかったのは、このような大小さまざまなユートピアの夢想であって、煩雑な探偵小説としての筋やトリックではなかったはずなのだ。だから、探偵小説らしい筋もほとんどなく（最後に探偵が、コンクリートの壁から出ている千代子の髪の毛を発見するのは、いかにも取ってつけた感じである）、もっぱら気ままな人工楽園の夢想に耽溺した『パノラマ島奇談』が、『猫町』のユートピア詩人たる萩原朔太郎に絶讃されたというのも、もっともな話なのである。詩人はたぶん、乱歩の子供っぽい夢想、その童心の詩を愛したのだ。

私には、江戸川乱歩という作家のインファンティリズムは、疑い得ないように思われる。ただ、乱歩には破滅型の性格や、狂気に傾きやすい、情緒的に不安定な性格はほとんど見られなくて、むしろ実生活の上では用心深い、常識的かつ保守的な傾向が目立つのである。彼のコレクトマニア（収集癖）は、その残された厖大な蔵書や、有名な切抜きの「貼雑年譜」や、あるいは古今の探偵小説の「類別トリック集成」などによって遺憾なく発揮されたが、こういう几帳面な丹念な性格も、インファンティリズムの一つの重要なあらわれと見ることができよう。無邪気なまでの残酷趣味については、言わずもがなである。そして『パノラマ島奇談』の真っ暗な、生ま温かい、濛々と湯気のたちこめた擂鉢の底の池は、私にはどうしても、マリー・ボナパルトがエドガー・ポーの諸作品において検証したような、ニルヴァーナ的な羊水のイメージを連想させずには措かないのである。それは、同じ頃の散文詩ふうの短篇『火星の運河』や、ずっと後年の長篇『大暗室』の結末とも、奇妙に通じ合う作者の気に入りのモティーフである。

ここで、私たちの誰もが気づかざるを得ない、きわめて興味深いことは、乱歩の描き出したユートピアが、世の常のそれとは異なって、ほとんど大部分、地底の暗黒世界だということであろう。よく出てくる水族館もパノラマも、乱歩にとっては一種の洞窟だったのではないかと考えられる。盲目のサディストが地底に営む淫靡な触覚世界の物語『盲獣』も、そうした意味では、同じ系列に属すると言えよう。これは特徴的なことであり、乱歩のユートピアの奇妙な退行的性格を物語るものであろう。

乱歩の空想世界においては、美の国も夢の国も、ボードレールが歌ったような「秩序と美と、豪奢と静けさと、逸楽のみ」の支配する国からは程遠く、ともすれば血みどろの幻影を伴った、サディズムとマゾヒズムの理想郷に場所を譲りがちであった。つまり、エロティシズムと悪の美を謳歌する、生物学主義のアンティ・ユートピアである。それは探偵小説や怪奇小説の時代的な要求と見事に合致して、この生真面目な幼児型性格の作者に、無限の再生産を強いることになった。しかし作者の最も初心の夢は、おそらく初期の『パノラマ島奇談』で、すでに十分に表現されつくしていたのである。

『夢野久作全集』第一巻

夢野久作、小栗虫太郎、久生十蘭などといった、往年の探偵小説雑誌『新青年』から出発した、昭和十年代の大衆文学畑のいわゆる異色作家たちが、最近、しきりにジャーナリズムの話題になっているようである。かかる風潮は、私たちにも予想がつかなかったわけではない。情勢論的にみれば、大手出版社の全集合戦がそろそろ下火になりかけるとともに、今までの文学全集からもれていた、いわゆる異色作家たちに、人々の注意が向けられ出したのである。だから一面からみれば、これはジャーナリズムの気まぐれ、と簡単に片づけることもできるはずである。

しかしまた、これを現代の思想状況と結びつけて、戦後二十年間抑圧されていた、非合理的なものや幻想的なものの復権、というふうにとらえ直してみると、あだやおろそかに、ジャーナリズムの気まぐれなどと片づけるわけにはいかなくなってくるのである。

七十年安保を目前にして、ようやく機は熟したのだ。この全集がついに発刊されるまでにいたる経緯を、多少とも知っている私には、このことが感慨ぶかく思い返されるのである。

むろん、巨大な情念の煮えたぎるルツボのごとき夢野久作の文学を、虫太郎や十蘭のそれと一緒くたに論ずることはできないだろう。後二者があくまで審美的であり、文体も知的に冷たいのに比較すれば、前者はまことにパッショネートで、文体も奔放そのものである。三者ともに熱狂的なファンを有するが、いずれを第一に選ぶかによって、選ぶ人の資質が明らかになるという、これは試金石のようなおもしろいケースにもなっている。

久生十蘭の熱心なファンで、数年前、名作『虚無への供物』を発表した中井英夫が、『読書新聞』に次のように書いているのを見られたい。

「小栗を天空から飛来したとすれば、夢野はまさしく地底の作家で、土着という言葉の意味も、彼の作品の深みにまで降りてみなければ理解されにくい」——まさにその通りだと私も思う。私は、軽々に発せられる「土着」などという言葉には、嫌悪の念以外の何ものをもおぼえないが、夢野久作評価の場合にならこの言葉を文字通りに受けとめる用意がある。

文学史的にながめれば、夢野久作は、泉鏡花以来はじめて近代日本文学史上に現れた、真の幻想家的資質をそなえた作家であり、骨の髄までの浪曼的魂の持主であった。浪曼的魂と切っても切れない関係にあるのが、土着の精神というものであろう。なるほど、彼の作品には、鏡花の世界におけるように、幽霊そのものは出てこないけれども、幽霊にひとしい狂った人間は必ず出てくるのである。

つまり、狂人や白痴や偏執狂や、変態性欲者や乞食や犯罪者などといった、この日常的現実以外の現実に生きる者、あるいは魔的なものに憑かれた人間ばかりが出てくるのだ。確固とした人間概念は、夢野の世界には存在せず、夢野の考える人間とは、いつも人間概念をはみ出すアモルフな存在なのである。

別のいい方をすれば、夢野久作の逆宇宙は、つねに現実原則を足下に蹴ちらした、裏返しの世界なのだ。あえてフロイト説を引合いに出すまでもなく、ここから『瓶詰の地獄』の甘美な近親相姦的共生の世界までは、あと一歩であろう。

あらゆる日常的世界の禁制から免れた、幼児の「多形性倒錯」の世界こそ、そのまま夢野久作の恐怖にみちた外道の世界にほかならず、この世界がやがて、無意識と夢によって全的に解放される快感原則のユートピア、子宮の暗黒に向って螺旋的に回帰するのは、けだし必然の成行であった。

夢野の思想の集中的かつ最終的表現であるところの、あの『ドグラ・マグラ』の迷宮的世界を見るがよい。

まさに夢野久作こそは、あの進歩主義者の歴史観における直線的時間概念と真向から対立する、円環的時間、螺旋的時間を身をもって生きた作家であった。この点で、結末から発端へと逆行する『瓶詰の地獄』の構成は、まことに暗示的である。『押絵の奇蹟』や『氷の涯』をはじめとして、一人称の手紙形式の作品が多いのも、この彼の作品における独特の内的時間の進展形式と関係があろう。C・G・ユンクによれば、螺旋は子宮の象徴であるが、どうやら夢野久作の空間はいつも子宮なのであり、時間はいつも螺旋なのである。そして子宮のイメージは、一般に、螺旋階段のあるピラネージの牢獄、つまり地獄のイメージと相似形をあらわすのである。

今度の全集ではじめて読んだ短編も、私にとってはかなり多かったが、とくに感心させられたのは、幼児のふしぎな透視力を扱った『人の顔』と、じつにしゃれたナンセンス・ファルスの傑作となっている『霊感』であった。大衆文学などというレッテルが、いかに無意味なものであるかを痛感させられる。

小栗虫太郎『黒死館殺人事件』解説

もう一年ばかりも前、桃源社の矢貴昇司氏から、小栗虫太郎の作品を順次に刊行する予定であるという話を聞かされたとき、私は、『黒死館殺人事件』の解説なら書いてもよい、いや、ぜひ書かせてほしい、と申し入れたものであった。私の『黒死館』に対する年来の偏愛ぶり、傾倒ぶりをよく知っている矢貴氏は、この私の大へん我がままな申し入れを、寛大にも笑って諒承された。かくて私は、待つこと半歳余、今や小栗虫太郎シリーズの五冊目として、いよいよ刊行される運びとはなった『黒死館殺人事件』の解説の筆をとらんとしている次第なのである。

犯罪心理小説から魔境小説まで、多岐にわたった虫太郎の文学の、古今独歩ともいうべき特異性については、すでに刊行された同シリーズ四冊の単行本の解説で、四人の筆者がそれぞれ委曲をつくした論説を展開しているので、ここに私がつけ加えるべきものは何もないように思う。したがって、私はただ、虫太郎の理想の集積であり、夢想の頂点であり、中世趣味やペダントリーの極致であるところの、あの絢爛たる大道具や小道具のごたごたと積み上げられた、一大迷宮にも似た『黒死館』の小暗い内部空間に、一条の照明を当ててみたいと思うだけである。

私の考えるのに、虫太郎一代の傑作たる『黒死館殺人事件』（昭和九年四月から十二月まで「新青年」に連載された）は、キリスト教異端やオカルティズム文学の伝統の全く存在しない日本に、本格的なオカルティズム小説を打ち樹てるという、まさに空中楼閣の建設にもひとしい超人的な力業の結晶であった。ヨーロッパには、古いオカルティズムや錬金術的象徴主義の体系と結びついた、神秘と恐怖の領域を開拓するゴシック・ロマンスの伝統が、十八世紀から二十世紀のディクスン・カーにいたるまで連綿とつづいているのに、西欧と文化圏を異にする日本には、もとより、そんなものはどこを探しても見つかりっこないのである。だから虫太郎の作品は、考えようによっては無益な努力にも似た、空中楼閣の構築だと私は言いたいのである。

まず、黒死館殺人事件の背景になっている歴史と、殺人事件の勃発する状況とを、簡単に要約してみよう。——

カテリナ・ディ・メディチの隠し子と言われる（？）妖妃カペルロ・ビアンカと、天正遣欧使千々石《ちぢわ》清左衛門とのあいだに生まれた不義の子を始祖とする、不吉な血の遺伝をもった降矢木家の十三代目の当主医学博士鯉吉（算哲）が、明治十八年、ヨーロッパで結婚したフランス人の妻テレーズを慰めるために、神奈川県高座郡葭苅の在に建造した、「ボスフォラス以東に唯一つしかないと言われる」ケルト・ルネサンス様式の城館《シャトー》が、小説の舞台になっている、いわゆる黒死館であって、そこで次々に展開される四つの殺人と一つの自殺との歴史的背景に、この妖気の漂う城館に満たされた数々の秘密と、これを建造せしめた故人の悪魔的な意志とが、二重写しに透けて見えるような仕掛けになっているのである。

黒死館には、算哲の若い息子旗太郎、秘書、図書係り、執事、給仕長のほかに、門外不出の絃楽四重奏団を形成している四人の外国人の男女が住んでいて、彼らは、物語の終局に近い部分で初めて明らかにされるのだが、算哲が実験遺伝学の証明のために、乳呑児のうちに外国から連れてきた刑死人の子たちなのである。さらに、算哲とテレーズと、黒死館を設計したイギリス人の建築技師ディグスビイとを加えた三角関係が過去にあって、この建築技師の呪いのために、黒死館殺人事件の前史ともいうべき三つの変死事件が惹起されたことが、物語の進展とともに明るみに出る。もう一つ、黒死館の謎の雰囲気をいやが上にも高めるために、作者によって配置された準登場人物ともいうべき存在は、いま述べた、算哲の死んだ妻を形どった無気味な自動人形なのである。

一般に、探偵小説の批評ないし解説では、犯人の名前を明示しないことが不文律となっているようであるけれども、この『黒死館』では、トリックはあくまで装飾的かつ抽象的であり、読者をして謎解きの興味へ赴かしめる要素はほとんどないと思われるので、ここで私がよしんば犯人の名前をすっぱ抜いたとしても、それによって小説自体の興味が減ずるということは、まず有り得ないことと考えられる。はっきり言ってしまおう、――犯人は、算哲の秘書の紙谷伸子であり、じつは彼女は算哲の遺子であって、旗太郎は降矢木家の血系ではないということが、物語の最終の幕切れにおいて明らかになるのである。

しかしながら、紙谷伸子の親殺し（算哲は墓窖のなかで蘇生し、ふたたび伸子の詭計によって殺される）および四人の遺産相続者の殺害の現実的な動機は、薄弱であり、彼女の残忍な嗜血癖の起因は、曖昧な心理学によってしか説明され得ないという、決定的な弱点をもつ。要するに、それは法水麟太郎の言うように「遊戯的感情」であり、また作中人物の一人が述べているように「道徳の最も頽廃した形式」なのである。もっとも、それがいかにも小栗虫太郎の夢幻的・観念的世界の殺人犯人にふさわしい、と言われれば、それまでの話であろう。

さて、虫太郎の『黒死館』を『黒死館』たらしめている第一の特徴は、誰の目にも明らかなごとく、もっぱら法水麟太郎のペダントリーを示すために、事件の本筋とはほとんど関係なく、作中のいたるところにばらまかれている、おびただしい神秘学や魔術や医学や心理学や文学関係の書物の名称であり、片仮名ルビ付きの漢字や固有名詞のおそるべき博引旁証であろう。

いったい、虫太郎はどれほどの読書家であり、彼の語学力はどれほどの程度であり、彼の蔵書はどれほどの量に及んでいたのか。考えれば考えるほど、これは不思議な謎のように思われてくる。もちろん、はったりもあれば、捏造もあったにちがいない。カペルロ・ビアンカがカテリナ・ディ・メディチの娘だなどという、突拍子もない珍説を、いったい彼はどこから引っぱり出してきたのか。どこに典拠があるのか。――しかしいずれにせよ、希伯来文字《ヘブライ》や十二宮符号《ゾディアック》やカバラの原理を応用して、暗号をつくったり文字交換《アナグラム》を行ったり、あるいは登場人物にゴットフリート、ポープからファルケ、レナウまでの詩を暗誦させて、歌合戦の心理的駈引をやらせたりしているような部分は、まさしく衒学家《ペダン》虫太郎ならではの、特異な才能の発露と言う以外に言いようがあるまい。そうそう簡単に真似のできることではないのである。

　虫太郎自身、年少の頃から、自分の語学力には相当の自信をもっていたと思われる節がある。単行本『紅殻駱駝の秘密』（昭和十一年、春秋社）のあとがきに、「私には、その頃もう、長篇を書くだけの、素地が出来ていた。という、抑々の始まりは、遠く中学三年の頃に発している。私は、大して出来もせぬにも拘らず、奇異なことに、語学に対するカンだけが恵まれていた。それで、当時生意気至極にも、正則英語学校の高等科に通っていて、はじめて、コナン・ドイルを読んだ」という記述がある通りだ。

　私の親しい友人で、博学な梵文学専攻の松山俊太郎は、つねづね『黒死館』のなかに出てくる固有名詞の註解と書目解題《ビブリオグラフィー》を作成してみたい、そうして完全な『黒死館』のエディション・クリティック（批評版）を刊行したら楽しかろう、と洩らしているが、私もまた、もし余裕があれば、そんな粋狂なことをして暇をつぶしてみたいという誘惑に駆られる。じつを言えば、かつて『黒死館』のなかに出てくる幾つかの固有名詞を、ひそかに手もとの文献に当って調べてみたことがないわけでもないのである。普通の百科事典、ラルースやブロックハウスやイタリアーナやエスパーサなんぞは、こういう場合、全く役に立たないにちがいない。やはり魔術なら魔術、心理学なら心理学の専門書を調べなければならないだろう。

『黒死館』では、ファウスト博士の四大の呪文が全体の構成を巧みに統一しているが、それと並んで、中世手写本のウィチグス呪法典という魔法書が、前半の魔術的雰囲気を高めるのに役立っていることに読者はお気づきであろう。『黒死館』を支配している陰険な悪意がすべて、死んだ降矢木算哲によって焚かれた、このウィチグスの技巧呪術の書から発しているという設定になっているのである。ところで、私はこのウィチグスという、たぶん十一世紀の人であろう、異端の魔法道士の身もとを調べたいと思って、幾つかの参考文献に当ってみたのであるが、どうもはかばかしい成果を得られなかった。ウィチグスの師父に当るという、法王シルヴェスター二世（通称ゲルベルト。この中世のレオナルドともいうべき多芸万能の学僧については、拙著『夢の宇宙誌』を参照せられたい）の伝記も三種類ばかり読んでみたが、虫太郎の書いているような「異端焚殺に逢った十三使徒」に関する記述は、残念ながら、どこにも発見することができなかった。あるいは虫太郎の捏造による悪戯に、こちらがまんまと引っかかっているのかもしれない。

法王シルヴェスター二世が、じつは悪魔と結託した妖術使であったという伝説は、すでに十一世紀末のベンノン、ユーグ・ド・フラヴィニー、シゲベルトゥス・ゲンブラセンシス、オルデリック・ヴィタルなどの年代記作者によって報告されており、十二世紀英国の大歴史家マムズベリーのウィリアムによって集大成されている。十三世紀以後になると、この伝説をまことしやかに記述した歴史書は、枚挙に遑がなくなるほどだ。とくに技術関係の書、時計や楽器に関する著述（たとえば十八世紀のジャック・アレクサンドル師の『時計概説』など）のなかでは、この万能の発明家であった法王は、あたかも異端の魔術師でもあるかのごとき取扱いを受けており、虫太郎も書いているように、ゲルベルトがオットー三世とともに滞在したドイツのマグデブルクでは、彼の数々の発明品（水オルガン、風琴、水時計、天球儀、算盤、望遠鏡など）は、「マグデブルク僧正館の不思議」と称されて世人に畏怖されたということになっている。

江戸川乱歩のような気質の作家にも、鏡やレンズやパノラマ、さては人形のような小道具に対する特別の愛着が見出されるが、『黒死館』のなかにふんだんに使われている珍奇な小道具にも、私を陶然とさせるような魅力的なものがある。自動人形テレーズは申すに及ばず、バロック風の驚駭噴水《ウォーターサプライズ》だとか、古代時計室だとか、鐘鳴器《カリルロン》だとか、栄光の手だとか、ゲルベルトの月琴《タンブル》だとかいったものが、それである。青春の読書体験で、こういうものを無条件に愛することのできる気質の人間が、たぶん、熱狂的な虫太郎ファンになるのであろう。つまり、おのれの人格形成などはどうでもよい、根っからのホモ・ルーデンスというわけだ。

乱歩の『探偵小説四十年』によると、戦時中、彼の知り合いの若い探偵小説愛好家は、召集されて戦地へ出かけるとき、ただ一冊、すでに幾度も読み返した『黒死館殺人事件』を背嚢のなかへ入れて行ったという。聖書よりも、パスカルの『パンセ』よりも、この奇特な青年にとっては、『黒死館』の超論理や超心理の方が大事だったらしいのである。「人生いかに生くべきか」よりも、知的遊戯やパラドックスの方が大事だったらしいのである！

世間には、虫太郎を悪文家と見なす意見の持主もいるようであるが、私には、どうしてもそうは思われない。悪趣味というのならば、まだ話は分るけれども。とにかく私の考えでは、意識して創り出したスタイルは、たとえどんなに佶屈聱牙の文章であろうとも、悪文の範疇には属さないのである。たとえば室生犀星の文章のように、気質に密着して離れられない文章が、魅力ある悪文の典型であって、保田与重郎のような人工的なスタイルは、悪文ではないのである。虫太郎のスタイルは、どちらかと言えば人工的であり、とくに『黒死館』のそれには妙なリズム感があって、ひとたびその大まかなリズムに乗りさえすれば、あの長い分量を比較的すらすらと読み通すことさえ可能なのだ。「それであるからして」とか「けれども」とかいった接続詞の頻出も効果的であるし、「真逆に」とか「……だっても」とかいった気に入りのヴォキャブラリーも面白い。——人工的な文体を創り上げた作家には誰にでも、同じ接続詞や副詞をやたらに使いたくなる時期というのがあるもので、たとえば一時期の芥川龍之介のごときは、「のみならず」を頻発している。翻訳文中に「……だっても」をよく使う人には、西洋古典学の大家、呉茂一氏がある。

まあ、そんなことはどうでもよろしいが、――前に引用した乱歩の回想によると、幸田露伴が虫太郎の文章を認めていたという話であるから、私としても、これは大したものだと思わざるを得ないのだ。『紅殻駱駝』や『青い鷺』で、講釈師の弁舌や江戸前の会話の妙をひけらかすこともできた虫太郎は、やはり一種独特のスタイリストであったと私は信じたい。極端に会話が少なく、晦渋な描写と長いモノローグだけで成り立っている『白蟻』が、その晦渋さ故に、かえって作品の異様な雰囲気の密度を高める効果をあげているのも印象的である。ただ、後期の作品になるほど、そのスタイルが投げやりになっているのが私には惜しい気がする。

私がなぜこれほど虫太郎のスタイルにこだわるのかと言えば、それは彼が本質的に審美的な作家であって、彼の作品のなかに、人間的衝動や情熱や怨恨やエネルギーの噴出なんぞを探しても無駄だということを言いたいがためなのである。ましていわんや、彼の作品に思想なんぞを求めるのは馬鹿げていよう。神田の生まれである虫太郎は、夢野久作のような田舎者とは、おのずから人間の出来が違うのである。

極論すれば、いろんなタイプに描き分けられているかに見える『黒死館』の各登場人物にしてさえ、すべて情熱の欠けた人形なのであって、ともすると、テレーズ人形がいちばん人間らしく生き生きしている、と言い得るかもしれないのだ。そして人間が死のうが生きようが、虫太郎の最大級の修飾語に変りはないし、詠歎法にも変りはないのである。よかれあしかれ、それが虫太郎の物語作家としての、あえて言えば、ニヒリスティックな相貌ではなかったかと私は思う。『黒死館殺人事件』の犯人のように、彼はもっぱら「遊戯的感情」を行使することによってのみ、カタルシスをおぼえるタイプの作家であったのだろう。

『銀河鉄道の夜』　宮澤賢治著

戦争中に少年時代を送った私などと同じ年代に属する者には、片山明彦扮するところの『風の又三郎』の映画の記憶が、忘れがたく染みついていることだろうと思う。「アマイ林檎モ吹キトバセ」のメロディーを、私たちはよく口ずさんだものである。

しかし、賢治の作品のなかで、「雨ニモ負ケズ」式のイデオロギーがあまりにも露骨にあらわれているようなものは、どちらかと言えば私は好まない。『銀河鉄道』のなかにも、いわば賢治の被害妄想コンプレックスともいうべきものが看て取れるが、私はこの作品を一つのメルヘンとして、限りなく愛しているのである。

『銀河鉄道』一篇のなかに思うさまばらまかれているのは、青白い光や、紫色の石や、透明な空気などといった、カチッとした美しい鉱物的なイメージの数々である。これは賢治の詩精神の凝った結晶ともいうべきもので、賢治の変に宗教的なヒューマンな敗北意識よりも、こんな無機物的なイメージの方が、私にはよっぽど親しみやすく嬉しいのだ。

もうひとつ、少年の頃に深く印象づけられた賢治の童話の特徴は、その用いるオノマトペの何とも言えない面白さである。「山がうるうるもりあがって」とか、「そこらはばしゃばしゃ暗くなり」とか、「どってこどってこ変な音楽をやっていました」とか、そんな奇妙な形容詞が、たちどころに五つも十も思い出せるほど、私の記憶にそれらは深く刻みつけられている。

おそらく、賢治文学に思想性や理想主義を読み取ろうとする人たちにとっては、こんな私の味わい方は、かなり変則的に見えるかもしれない。が、表面にあらわれた童話の思想なんて、私にはどうでもいいような気がする。賢治の童話に匹敵する童話の傑作を昭和文学に求める人がいるとすれば、私はただちに稲垣足穂の絶妙の短篇『チョコレット』を挙げるだろう。これには、思想性なんぞ一かけらもない。

博物学や地質学や天文学の術語を作品中に好んで用い、みずからも太古の獣の骨など発掘したことのある賢治。彼には、どこか北方風な汎神論者のおもかげがある。『銀河鉄道』のなかで、殊にも私の愛するエピソードは、飛んでいる鷺や雁を捕えて押し葉にするのを商売にしている「鳥捕り」男の物語である。ともすると童話の陥りがちな比喩の陥穽から、これは見事に独立した完璧なイメージの開花であろう。

石川淳と坂口安吾

あるいは道化の宿命について

石川淳と坂口安吾とを同列にならべて、たとえば新戯作派だとか無頼派だとかいったレッテルを貼りつけるやり方は、すでに戦後も三十年を経過した今日、まったく無意味になってしまったと私には思われる。現在の石川淳には、どこにも無頼派らしいところは見られない。いや、織田作之助も太宰治も坂口安吾も既になく、社会の経済的基盤が完全に変質してしまった現在、無頼派などというものは日本文壇に存在し得なくなったのだ。そして存在し得ない過去の名称を、現に生きて仕事をしている作家に貼りつけることの不当は、言うを俟たぬであろう。

なるほど、坂口安吾はまだ戦後の狂瀾怒濤の完全には終っていない時期に、文学的にも生活的にも捨身の破滅的な行動を演じて、あわただしく死んでいった。安吾は最後まで、外部から人間の行動を規制してくる、あらゆる文化的な価値としての形式の支配に対して、果敢な捨身の抵抗を示したように思われる。一言をもってすれば、彼はあらゆる形式の破壊に一生を賭け、ついにその文学も中途半端のまま、その生活さえも破壊してしまったような趣きがあった。

しかし石川淳の生き方は違っていた。より巧智であったと言ってもよい。文学的にも生活的にも、淳は安吾と同じ基盤に立ちながら、なおかつ生きのびるための方法を模索したのである。ここで私が用いた「生きのびる」という表現は、もちろん一つの比喩である。そう言えば、安吾は最も有効な修辞学上の武器であるべき、この比喩というものにも徹底的に無縁であった。安吾のいわゆる説話（福田恆存の表現）には、石川淳の短篇におけるような、形而上学に向ってひらかれるべき視覚が欠けていた。

私には、坂口安吾が孜々としてあらゆる形式をぶちこわすのに対して、石川淳がひたすら方法を模索するといったような意味で、この二人の昭和十年代に出発した作家の関係を、ダダイスムとシュルレアリスムの関係として捉えてみたいような気がしないでもない。本人が実際に影響を受けたかどうかはともかくとして、安吾の初期作品『木枯の酒倉から』や『風博士』には、たしかに日本的なダダの味わいがあるし、淳の『山桜』から戦後風俗を素材とした数々の幻想的短篇、あるいは『鷹』から『虹』にいたる中篇には、明らかに超現実主義風の味わいが読みとれるであろう。しかし、私が強調したいのは必ずしもそのことではない。むしろ私は、生き方や倫理の問題に重点を置いて言っているのである。周知のように、フランス本国のダダやシュルレアリスムも、単に美学上の変革ではなく、より大きく生き方に係わるところのものであった。

「反芸術といふことも、作品を事件と見ることも、ことばはいろいろだらうが、今はじまつたことではなかつた。近いためしに、第一次大戦のあとにダダがおこつてゐる。今さらダダの説明でもあるまい。当時わたしはまだ年少、仕事にもなんにも、芸術の現場から遠いところにふらふらしてゐたが、しかしピカビヤは気に入らないものではなかった。わたしは精神……とまではいはない、青二才の生活感情に於ていくぶんはダダのはうに傾斜しかかつたやうなおぼえがある。」

右は石川淳の興味ぶかい回想（『夷斎遊戯』より）である。この言葉につづけて、「それでも、ダダの波のあとに置きざりをくつた貝殻の一かけらになつたやうなおぼえはない」と淳はつけ加えている。これは私流の言葉に翻訳すれば、気楽な形式からの逸脱に安住せず、観念と形式のスリリングな追いかけっこ、つまりは絶えざる方法の模索によって、ダダの波を乗り切ったということを意味する。観念のみが突っ走り、やみくもに形式をぶちこわそうとする安吾にくらべて、淳がより巧智であったと私が前に書いたのも、この意味にほかならない。

名高い『日本文化私観』における断定によれば、「必要性がすべてに優先する」という一種の実用主義哲学を堅持していた安吾にとって、その散文は、どうしても無定形のなかに突入してゆくほかはなかった。安吾は散文から一切の形式をはぎとり、その純粋な内容を提示することができると考えた。

ところで、石川淳によれば、文章の内容とは「そこに持続された精神の努力の量であり、形式とはその努力の言葉に於ける作用」（『文学大概』）である。淳においては、内容と形式はいつもスリリングな追いかけっこをしているのである。コミュニズムにおいてさえ、形式を離れた思想の純粋な内容などというものは、彼にとってはあり得なかったのである。

　しかし安吾の独特な合理主義あるいは実用主義の弱点をあげつらうのは、むしろ容易であろう。小林秀雄との対談で、小林が持ち出した「規矩」という概念を、ほとんど理解することができなかったか、あるいは理解することを頑強に拒否していたのが安吾という度しがたい人間であった。それでも、安吾の論理がいかに支離滅裂であっても、その一途な願望が、必ずしも私たちに感得できないものではない限り、その文学は生きていると言っても差支えないのである。『白痴』や『紫大納言』や『夜長姫と耳男』などは、彼の評論における浅薄な形式否定の論理を裏切って、石川淳の表現によれば「部分と全体とをくるめて」光り輝いているのだ。

　ここで私が思い出さざるを得ないのは、おそらく戦後三十年間に輩出したわが国の批評家のなかで、石川淳および坂口安吾に対する最も良き理解者であり、同時に、その仕事の性質が彼ら二先輩のそれを正統に引き継ぐものと思われる、花田清輝の例によって例のごとき卓抜な評言である。

　花田は「スカラベ・サクレ」というエッセーのなかで、林達夫の「異常な好意と尽力」(著者の後記)によって出版されたという中橋一夫の名著『道化の宿命』に拠りながら、「荷風・淳・安吾の系列は、わたしに、シェークスピアの芝居に登場する道化の三つの型——辛辣な道化《ビター・フール》、悪賢い道化《スライ・フール》、愚鈍な道化《ドライ・フール》を連想させる」と述べ、荷風を辛辣な道化に、淳を悪賢い道化に、そして安吾を愚鈍な道化に、それぞれ当てはめているのである。しかも花田は、一般に見られる道化の進化のコースを逆転させて、「たとえば、荷風の『花火』におけるおもわせぶりなプロテストが、淳の『曾呂利咄』における手のこんだ諷刺に変り、最後に安吾の滑稽小説のたぐいにおける痴呆的な笑いと化した、とみればみれないこともないではないか」という、彼一流の弁証法的な、目のさめるような逆説を吐いているのだ。

このエッセーにおける花田清輝のねらいは、言うまでもなく、愚鈍な道化たる坂口安吾の名誉回復である。私は前に、安吾と淳との関係を、ダダからシュルレアリスムへの進化のコースによって捉えたが、花田流の弁証法にしたがえば、むろん、このコースも逆転され、どちらかと言えばダダの真価が強調されることになるにちがいない。それはそれで一向に差支えないし、私としても、べつだん、淳と安吾の進化における優劣を論じるというがごとき、愚かしい意図は最初からなかったのだということを強調しておかねばならぬ。花田の意図も、おそらく私と同様であろう。

悪賢い道化たることを自覚している石川淳は、次のように書いている。

「どうも日本の芸術家諸君はのべつにマッチをすつて思想のたばこを燃してゐるくせに、自分が信じてゐるわけでもなささうな『永遠の秩序』には、たつた一本のマッチをすら惜しんで、火をつけてこれを燃さうとしないほどケチンボで無精のやうに見える。たぶんオトナといふものだらう。」

この点から見るならば、坂口安吾は明らかにコドモだったと言うことができよう。安吾は火遊びの好きなコドモのように、マッチを惜しまず「永遠の秩序」を燃そうと躍起になっていた。その論理は支離滅裂、とても「思想のたばこ」を燃しているとは言えず、確かに愚鈍な道化と呼ばれるにふさわしかった。しかし安吾の魅力は、繰り返して言うならば、このコドモ性にこそあるのである。

私はこれまで、石川淳と坂口安吾とを、主として文学および精神の領域から比較してきたが、もっと次元の低い日常生活の領域で、この二人の歴史に対する精神のありようを特徴的に示すような事例があるので、それを次にぜひとも書いておきたいと思う。安吾が死んでから書かれた、石川淳の「安吾のゐる風景」というエッセーからの引用である。私はこのエピソードが大好きなので、わざわざ最後まで取っておいたのである。

「あるとき、安吾は関流の数学が秘伝として閉鎖されたことをののしり、事のついでに海苔の焼き方に定法あることをののしつて、海苔なんぞはただ漫然とこれを火で焼けばいい、きまつた焼き方があつてたまるかと、意気軒昂たるものを示した。なるほど、関流の秘伝の件は、秘すべからざるものを秘すのだから、たれもおなじくにくむだらう。しかし、海苔のはうはちよつと事情がちがふ。これを適当な仕方で火にあぶつてこそ、海苔は人間の食ひものとなる。きまつた仕方があるとすれば、さうするのが一番うまく食へるといふことを、われわれが経験的に知つてゐるからだらう。茶の湯の作法といふほどのものではなし、とくに秘伝のあることを聞かない。紙をこがすのとおなじ仕方であつかふのは海苔を焼いたといふことにならぬではないかと、わたしはいつた。」

　もちろん、この淳の主張に対して、安吾はおいそれと承服しはしない。やがて安吾は火鉢の前にすわったまま、実際に海苔をとり出して焼きはじめる。その焼き方は、淳の観察によれば「わたしの期待に反して、決して紙をこがすやうにではなく、ふつうの仕方で、すなはち定法にしたがつて、これをあつかふ手つきはわたしよりもたくみに見うけられた。ただこれを食ふ段になつて、安吾は面目をあきらかにした。一枚を手でつかんで、ぎゆつと口の中に押しこむ。すなはち、こどもの食ひ方であつた。」

　ドライ・フールの面目、まさに躍如たるものがあろう。と同時に、スライ・フールの面目も躍如としてはいないだろうか。案ずるに、スライ・フールとは、歴史に対する透徹した目をもった道化の謂であろう。

三島由紀夫とデカダンス　個人的な思い出を中心に

三島由紀夫氏がヨーロッパのデカダンスに関する文学的教養を深めるのに、私は及ばずながら、お手伝いをすることになったのではないかと思っている。これは私の己惚れではなく、たまたま氏と同時代を共有し、同じ問題意識を共有したフランス文学者としての、いつわらざる感情なのである。

考えてみれば、私が二十代から三十代の後半にかけて、コクトーやサドやユイスマンスやジュネやビアズレイを営々孜々として翻訳してきたのは、一つには、これを三島氏に読んでもらうためだったと言っても過言ではないのだ。バタイユの『エロティシズム』の翻訳は、残念ながら三島氏の生前に間に合わなかった。返す返すも残念である。

ついでに述べておけば、三島氏が急に死んでしまったために、私が訳出する意欲をまったく失ってしまった作品に、私の編集していた雑誌「血と薔薇」（昭和四十三、四十四年）に一部分を発表したピエール・ド・マンディアルグの匿名残酷小説『イギリス人』がある。氏はこれを読むのを非常な楽しみにしていたのである。しかしまあ、こんなことは、死児の齢を数えるようなもので、言っても詮ないことではあろう。

むろん、三島氏は少年時代から、谷崎潤一郎や泉鏡花や日夏耿之介に親しんでいたし、オスカア・ワイルドを代表とする西欧の世紀末文学にも親しんでいた。サド侯爵やユイスマンスの名前も、早くから知っていたように思われる。『仮面の告白』や『禁色』には、随所にユイスマンスやサドの名前がちらちらする。『禁色』の主要登場人物である檜俊輔のごときは、フランス語に堪能な小説家という設定になっていて、「ユイスマン《ママ》の『伽藍』『彼方』『途上』の三部作、ロオデンバッハの『死都ブリウジュ』などは、彼の手を俟ってはじめて見事な日本語に移された」と書かれているほどである。これをもってしても、三島氏にとって、ヨーロッパの世紀末デカダンス文学が、いかに身近で切実な関心の対象であったかということが分るであろう。

　私が三島氏に強くすすめられて、昭和三十四年、そのころ出ていた鉢の木会の同人雑誌「聲」に、ローマ皇帝ヘリオガバルスに関する小論を書くことになったのも（これは世紀末ではなくてローマ頽唐期であるが）、やはり氏の同じ関心を証明するものではないかと考えられる。氏はこのローマの少年皇帝のなかに、早くから自分のそれと同じ欲望を見出していたのである。『仮面の告白』の第一章に、次のような記述があるのをごらんいただきたい。

「私は、今度は祖母や父母の目をぬすんで、（すでに十分な罪の歓びを以て）妹や弟を相手に、クレオパトラの扮装に憂身をやつした。何を私はこの女装から期待したのか？後になつて、私は私と同様の期待を、羅馬頽唐期の皇帝、あの羅馬古神の破壊者、あのデカダンの帝王獣、ヘーリオガバルスに見出した。」

こう書いてから十年近くたったのちも、三島氏はヘリオガバルスに関して、なお詳しい事跡を知りたくてたまらず、たまたま同じ関心をいだいていた私をそそのかして、「史上最高のデカダンスをその身に体現した少年皇帝のエスキース」（三島氏の評言）を書かせたのだった。

いったい、三島氏はどんな書物によってヘリオガバルスの名を知ったのか。どうしてこれに関心をもつようになったのか。――この疑問に対しては、私は確信をもって次のように答えることができる。すなわち、その一つは当然のことながらギボンの『ローマ帝国衰亡史』であり、もう一つはジャン・コクトーの『わが青春記』（堀口大學訳）である、と。

コクトーの『わが青春記』の第十一章に、「赤い捲毛を垂れ、怪しげな僧帽を戴き、真珠の刺繍をした裾を曳き、指の爪を染め、足趾に指環を嵌め、羅馬皇帝エリオガバルに仮装した」若き日のコクトーが、年長の友人であった俳優ド・マックスとともに、芸術座の舞踏会に出席し、それが思いがけぬスキャンダルになったことが報告されているのである。

ここで、これから三島文学を研究せんとする若いひとたちのために、ちょっと私からアドヴァイスしておくとすれば、若き日の三島氏に、レーモン・ラディゲへの熱烈な愛好とともに、ひそかにコクトーに耽溺した一時期があったということを知っておくべきであろう。ラディゲの方はよく知られているが、コクトーの方は、意外に誰も口にしないのである。しかし三島氏の書斎には、邦訳されたコクトーの全作品が揃っていたし、コクトーの詩人としての自己劇化の生涯に、三島氏が自分のそれを重ね合わせていたことは、ほぼ確実と考えてよいのである。コクトー晩年の映画「オルフェの遺言」について、氏が次のように書いているのを見られたい。

「あれだけ青春を愛したコクトーが、老いさらばえた姿をはじめて永々《(ママ)》と画面にさらすこの映画を見て、私は、かつて彼が若かりし日に、ヘリオガバラスの仮装をしてド・マックスと共に社交場裡に現はれた一挿話を思ひ出し、彼のこの映画を作つた企図を察した。あの羅馬頽唐期の頽廃皇帝と同様に、彼は自己聖化、自己神化の欲望に憑かれたのだ。」

　この文章のなかから、コクトーのそれに仮託された、三島氏自身の悲痛な告白を読みとるのは私ばかりではあるまい。もちろん、氏はコクトーのように、「老いさらばえた姿」を映画の画面にさらしはしなかったけれども。……

　昭和四十三年、同人誌「批評」の責任編集を一任された時にも、三島氏は、その特集テーマを自分の発案で「デカダンス」と謳わせた。その号の編集後記に、氏は次のように書いている。

「私は、少年時代の文学熱の出発点を、十九世紀末のデカダンス文学に置いてゐる関係上、いつか、デカダンスについて総括的な研究を試み、デカダンスなる文明現象の、各国の各時代の各文化の末期にあらはれたもろもろの様相を、鳥瞰的に概観するばかりでなく、一方では、日本文化におけるデカダンスの本質と特殊性についても考究し、又、或る時代思潮のなかでデカダンスがいかなる文化史的思想史的モメントになつたかを探究し、そこでデカダンスの解決と脱却の方途をすら模索しうるやうな機会は来ぬものか、と、かねて考へてゐた。しかし私自身には学識も時間もなく、このやうな広がりと深まりを得るには微力であつた。」

短い文章のなかに、何とデカダンスという言葉が六回も使われている！

いつもの歯切れのよい三島氏にも似ない、このかなりぎくしゃくした文章を読んでも分るように、もともと三島氏には、フランス語の文芸用語としてのデカダンスという言葉に、一種の固定観念に近い愛着をいだいているような面も認められて、たとえば川端康成の『眠れる美女』も、氏によれば、「形式的完成美を保ちつつ、熟れすぎた果実の腐臭に似た芳香を放つデカダンス文学の逸品」ということになる。円地文子にも、「末期的なデカダンス文学に対する偏愛」があり、トルーマン・カポーティの『遠い声遠い部屋』にも、ようやく過去をもちはじめた「アメリカ南部のデカダンス」があるということになる。さらに『新古今集』にも、「いつもかすかなデカダンスが匂つてゐる」ということになる。かくて三島氏の頭のなかには、ずいぶんいろんな種類のデカダンスがあるらしいのだ。

それでは、三島氏の頭のなかに根づよく生きていたデカダンスという観念の内容は、

いったいどんなものだったかというと、それはほぼ次のようなものだったと思えばよろしかろう。すなわち、

「デカダンスを十九世紀末の時代的必然性からだけとらへて、今では時代おくれの偏向だと考へてゐるのは文学史家の固定した考へ方で、どんな時代とどんな国家にも、交替的に衰滅を欲求する文学的傾向はあらはれる。ただその欲求に、破壊精神の旺盛な活力はなく、衰滅する主体の豊潤な感覚的生活と、知的な誇りとによる、衰滅の自己肯定だけが在るときに、デカダンス芸術と呼ぶに価ひするのである。」（「『遠い声遠い部屋』――アメリカ的デカダンス」）

もう一つ、ワイルドの『サロメ』の演出について語った三島氏の文章が、氏の考えるデカダンス概念をよく表わしていると思うので、参考までに次に引用しておこう。

「私の演出では、近東地方の夏の夕ぐれの、やりきれない倦怠と憂鬱が舞台を支配するやうにと考へてゐる。そして宮廷のテラスに漂ふ末期的不安には、世界不安の雛型がはめこまれてゐる。ヘロデは宿命の虜である。だからヘロデは宿命をおそれる。サロメは宿命自体である。彼女は何ものをもおそれずに行動し、自分の宿命を欲求する……」（「『サロメ』の演出について」）

倦怠と言えば、言葉に対してフェティシスト的嗜好をもつ三島氏は、また「アレキサンドリヤ風の倦怠」などという言葉も大へん好きだった。たとえば、「ワイルドの希臘は、ニイチェの希臘よりも、もうすこし単純な明快な概念で、官能の歓びから瀆神の怖

ろしい歓びを差引いたアレキサンドリヤ風の円満な倦怠であり、これに加ふるにケルト英雄物語風な悲劇性であつた」(「オスカア・ワイルド論」)という具合である。「官能」も「歓び」も「瀆神」も「怖ろしい」も「倦怠」も「英雄」も「悲劇」も、いずれも三島氏の生涯にわたって好んだヴォキャブラリーである。こうした言葉に対する偏愛自体に、三島氏のデカダンスへの徴候を見ることもできるのではないかと私は考える。

それはさておき、前に述べた雑誌「批評」のデカダンス特集号に、編集者である三島氏自身は何のエッセーも寄せず、ただ自分の好みのデカダンス美術を四点だけ選んで、これに自分の気ままな解説をつけている。これも、氏のデカダンス概念を知る上に、はなはだ有効な手がかりになるものであろうと私は思う。

年代も場所も超越して選ばれた四人の画家は、日本からは幕末の大蘇芳年と大正時代の竹久夢二、ヨーロッパからは十七世紀初頭のモンス・デシデリオと十九世紀末のオーブリ・ビアズレイである。いかにも三島氏らしい意表をついた選択と言わねばならぬ。

そもそも三島氏の美術に対する好みは、ギリシア彫刻を別とすれば、まず第一にロココ時代のワットオ、宗達の金地屛風絵、それにデューラーの銅版画(三島家の応接間の壁に「ネメシスあるいは大いなる運命」の複製が飾ってあったのを私は記憶している)などといった、どちらかと言えば古典主義的なものに傾いていた。それが後年になって、ややマニエリスティックなものに好みが移ってきたように思われる。なにしろ横尾忠則の土俗的ポップがお気に入りになったのだから。この四人は、おそらく、そういう時期の三島氏の心にいちばんぴったりくる画家たちだったのだろう。

四人の画家のうち、とくに私の思い出のなかで大きな場所を占めるのは、近年のマニエリスム復活とともに初めて脚光を浴びた謎の画家、モンス・デシデリオである。むろん、私がフランスから届いたばかりの画集を見せるまで、三島氏はこの画家の名前をまったく知らなかった。三島氏は目を丸くして、無言のまま、いつまでも画集のページを繰っていた。たぶん、そのとき、絵そのものよりも、大建築の大崩壊という三島好みの観念に魅せられていたのであろうと私は想像する。「この崩壊の感覚は、ヨーロッパのデカダンスの世界崩壊の感覚の、もっとも象徴的かつ具象的表現である」と氏は述べている。

ついでだから書いてしまうが、ビアズレイについても、私には忘れられない思い出がある。昭和三十年、私が初めてサドの翻訳を河出書房から文庫で出したとき、当時の編集担当の坂本一亀氏の発案で、カヴァーにビアズレイの黒白の絵を使った。これが三島氏の注意を惹いたようで、それから大分たってから、氏は私宛ての手紙（三十一年六月七日付）に「ビアズレエ《（ママ）》がお好きのやうですが、ビアズレエの『リューシストラテー』の挿絵の非公開のものを見たいのですが、お持ちでせうか？」と書いてきたのである。非公開の挿絵とは、もちろんエロティックな挿絵のことである。現在ではさして珍しくもないが、当時は三島氏もこれを見たことがなかったのである。

「批評」誌のグラビアのために三島氏の選んだビアズレイの一点は、氏が最も愛好するという、有名な「サヴォイ」の一号に発表されたビアズレイの小説『丘の麓で』の挿絵「僧正」であった。「この蒼ざめた傲慢、衰弱の王権とでもいふべきものに、ビアズレイの本質があるのではないか」と氏は解説している。このデカダンス特集号が出てから三ケ月後に、私の翻訳した『ウェヌスとタンホイザーの物語』(やはりビアズレイの小説で、『丘の麓で』の改作。邦訳名『美神の館』)が出ることになったのだから、このあたりの奇妙な偶然にも、私にとっては意味深いものがあるのである。

前に私は、三島氏がギボンの『ローマ帝国衰亡史』を好んでいたことを書いたが、その理由は、一つにはヘリオガバルス帝とともに、そのなかにハドリアヌス帝の事跡が出てくるからだったと推察している。申すまでもなく、ハドリアヌス帝は美童アンティノウスを愛した少年愛のローマ皇帝である。そして三島氏の心のなかでは、このアンティノウスと殉教者セバスチアンとが結びついていたらしいのである。これも、三島氏のデカダンス概念を知る上の重要な鍵となるはずであるから、とくに注意しておきたい。昭和二十九年の「三島由紀夫作品集」第六巻のあとがきに、氏は次のように書いている。

「私は思ふのに、アンティノウスの胸像が作られたのはハドリアヌス帝の時代、グイド・レニの生きた時代はナポリの自然派とボローニアの折衷派が相争つた十七世紀の伊太利で、共に生気のない擬古典的潮流が一世を覆つた時代であるが、死んだ様式の、精神のない模倣に支へられて、或る官能的傾向が野放しに生き、そのためにかくも耽美的な、集注した官能美が生れたのではなからうか。アンティノウスとセバスチアンの官能美には、ほとんど猥褻なものがあり、それは相隔つた二つの頽廃期が、相呼ばはつてゐるやうに見えるのである。いつかこのやうな異教的デカダンスの芸術の美を、われわれに語つてくれる真摯な美術史家が現はれぬものであらうか。」

　おそらく、「このやうな異教的デカダンスの芸術の美」を語ってくれる美術史家がひとりも現われなかったので、三島氏はみずからこれを語る必要に迫られ、この発言から十数年後に、ダンヌンツィオの戯曲と名画集をふくむ『聖セバスチアンの殉教』を世に問わねばならなくなったのであろう。評判になったグスタフ・ルネ・ホッケの『迷宮としての世界』にも、セバスチアンに関する言及が一つもないので、氏は少なからず期待を裏切られたようである。しかしこれについては、ややくわしく前後の事情を語っておきたいと思う。

『聖セバスチアンの殉教』と『迷宮としての世界』とは、同じ年（昭和四十一年）に同じ出版社（美術出版社）から出たのである。美術出版社における編集担当者はいずれも雲野良平氏で、雲野氏と三島氏とのあいだを橋渡ししたのは私である。

　それより前、土方巽の暗黒舞踏の稽古場で、革ジャンパーを着た三島氏は、板の間にあぐらをかいて坐り、茶碗酒を飲みながら、小声で私に言った。「セバスチアンを本にしたいんだけれどもね。知ってる出版社はいくらもあるが、今まで自分の本を出してきた出版社に、わざわざ頼みこんで、それも多分に趣味的な本を、出してもらうのはどうもいやなんだ。どこかいいところはないですかね。」――そこで、私はすぐ、前から三島氏の本を出したいと言っていた雲野氏を思い出したのである。

『迷宮としての世界』の箱に、「未聞の世界ひらく」と題されて、あの有名になった三島氏の推薦文が載ることになったのも、以上のような経緯からだった。すなわち、

「二十世紀後半の芸術は、いよいよ地獄の釜びらき、魔女の厨の大公開となるであらう。今までの貧血質の美術史はすべて御破算になるであらう。水爆とエロティシズムが人類の最も緊急の課題になり、あらゆる封印は解かれ、『赤き馬』『黒き馬』『青ざめたる馬』は躍り出るであらう。この時に当つて、マニエリスムの再評価は、われわれがデカダンスの名で呼んできたものの怖るべき生命力を発見し、人類を震撼させるにいたるであらう。」

推薦文として、これ以上見事なものは考えられないと言えるほど見事な推薦文である。しかし前にも述べたように、三島氏の頭のなかにあるマニエリスムと、ホッケの本のなかのマニエリスムとは、残念ながら、その関心の在り処がいくらか違っていたようである。私への手紙（四十一年二月二十五日付）で、氏は冗談半分に、次のように失望の気持を表明してきたのである。

「殊に小生にとり面白かつたのは第五部でしたが、いささか我田引水乍ら、どうしてこれだけ網羅的な本であり乍ら、サン・セバスチアンの絵画（殊にボローニャ派の）に一切言及されてゐないのかふしぎ千万にて、後期、退潮期ルネサンスのサン・セバスチアンこそ、マニエリスム画材の粋ではないでせうか。返す〳〵もふしぎですが、その分は、

拙著で十分取返すつもりであります。」

造形美術の世界では、つねにイメージの原形を探るといったような努力があるはずだが、こういう努力に、三島氏はほとんどまったく無縁なひとだったと今にして私は思う。多少比喩的に言えば、氏は人間の肉体が崩れたり溶けたりすることに、我慢がならなかったのである。私は前にダリについて論じながら、「夢とは、いわば物体を流動させ解体させる、視覚のデカダンスにほかなるまい」と書いたことがあるけれども、氏は「視覚のデカダンス」を決して容認しなかった。デカダンス美術などと言っても、氏は結局のところ、絵画のなかに文学をしか見てはいなかったのである。

こんなことを一応の結論として、このいささか個人的な思い出に偏した、とりとめない文章を私は終らせたいと思う。名作『サド侯爵夫人』の成立事情や、死の直前のバタイユへの異常な執着についても語りたかったが、これは他日を期することにしよう。

『変身のロマン』編集後記

メタモルフォーシスmetamorphosisという言葉は元来ギリシア語で、メタmetaが「変化」をあらわし、モルフェーmorphêが「形」をあらわす。だから日本語では「変形」あるいは「変身」と訳される。一方、生物学用語では「変態」という。オタマジャクシに手脚が生え、尾がなくなって蛙になったり、芋虫が蛹になり、さらに繭を破って蝶になったりするのが、いわゆる生物学上のメタモルフォーシスである。

私たち人間をも含めて、陸上に棲む高等動物には、この変態という現象は何か珍らしいもののように思われがちであるけれども、海に棲む無脊椎動物のあいだでは、甲殻類でも棘皮動物でも、あるいは軟体動物でも魚類でも、これがむしろ普通なのであって、幼生larvaから親になるまでに変態をしないものの方が却って珍らしい。この生物の世界に広く認められる変態の現象は、また動物界だけでなく、植物界にも一般的であって、たとえばサボテンの葉が針状になったり、ウツボカズラの葉が捕虫嚢となったりするのも、植物の変態の特殊例と見なすことができる。

どうやら生物の世界には、生存のために必要なエネルギー代謝に伴なう、メタモルフォーシスの大法則が厳然として支配しているかのごとくである。いや、単に生物の世界ばかりでなく、また広く自然界、さらに私たちの社会や歴史や文明にも、このメタモルフォーシスの大法則を適用することが可能なのではあるまいか、とも思われる。この点については、本書に収録した花田清輝氏の卓抜なエッセー『変形譚』が、ゲーテの形態論的認識方法を引用しながら、興味ぶかい一つの解答を示してくれるはずである。すでに紀元前五〇〇年に、宇宙の真相を「パンタ・レイ」(万物は流転する)という短かい言葉のなかに要約したヘラクレイトスの例があるけれども、思えば中世錬金術における金属変成の理論も、ヘルムホルツのエネルギー保存の法則も、ダーウィンの進化論も、エンゲルスの自然弁証法も、フーリエの情念引力の説も、フロイトのリビドー昇華の学説も、レヴィ・ブリュールの融即の法則も、すべてこれ、この自然および人間の世界を変転きわまりないものと考える、メタモルフォーシスの大法則に拠って立つところの理論だった、とは言えないだろうか。

かように、メタモルフォーシスとは、いわば宇宙の真相を一語で表現したものにほかならないが、この真相は、凡俗な人間の肉眼にはなかなか見分けがたいというところに第一の特徴があろう。運動はきわめて緩慢かつ顕微鏡的に行われるので、魔法使い、神秘家、科学者、あるいは詩人などといった、特殊な能力を備えた人間の目にしか映じないらしいのである。ともするとメタモルフォーシスの文学とは、この緩慢かつ顕微鏡的にしか実現されない運動を、空想の世界で一挙に実現しようとする、詩人の願望から生じたところの文学上の一形式ではなかったろうか。神話や夢におけるそれのように、文学におけるメタモルフォーシスもまた、願望であると同時に恐怖であり、快楽であると同時に不安であって、――要するに、幻想文学の欠くべからざる要素として、神話時代から現代にいたるまで脈々と生きているものなのである。

さて、ここに『変身のロマン』と名づけて編んだアンソロジー一巻は、昨年、同じ出版社から私の編集で出た幻想小説アンソロジー『暗黒のメルヘン』のいわば続篇であり、今回は、やや趣向を変えて、メタモルフォーシスの主題で全体を統一したという次第である。私がメタモルフォーシスの主題にいたく心を惹かれる性質の人間であることは、冒頭に置いた拙論「メタモルフォーシス考」のなかで触れておいたので、ここでは繰り返さない。

前の『暗黒のメルヘン』においては、収録作品十六篇すべてが日本人の文学作品であったのに、ここでは、日本文学八篇、中国文学一篇、ラテン文学一篇、フランス文学二篇、イギリス文学一篇、ドイツ文学一篇、北欧文学一篇という多彩な内訳であり、しかも小説だけでなく、評論二篇、童話一篇を加えたところに新機軸を認めていただきたい。さらにくわしく内容を分類するならば、人間が動物（魚、鳥、獣など）に変身する物語七篇、植物に変身する物語四篇、無機物（声、壁）に変身する物語二篇、それに、人間が人間のままで極端に小さくなってしまう物語一篇、という内訳になる。まあ、編者としては、でき得る限りヴァラエティーに富ませるべく努力した結果なので、読者が本書を読んで、古今東西のメタモルフォーシス現象のいかに多岐にわたるものであるかを理解して下さるならば幸甚である。

次に、個々の作品について簡単に解説しておこう。

上田秋成『夢應の鯉魚』（『雨月物語』より）

『雨月物語』に含まれる九篇の短篇のうち、いずれを第一等とするかによって、その人の趣味や嗜好がかなり明らかになるのではあるまいか、と私は以前から考えていた。おもしろいのは、この『夢應の鯉魚』を絶讃しているのが保田與重郎と三島由紀夫の両人である、という事実だろう。そのこと自体について、べつに私は理窟をつけるつもりはないけれども、この作品が文体の緊密さとアレゴリーとを渾然一体とした、稀に見る質の高さを備えた芸術家小説の傑作であることには、誰しも異論はあるまいと思う。「この鯉魚の目には孤独で狂おしい作家の目が憑いていはすまいか」と三島は書き、「私はそれをよむたびに人の知らない小説家の悲しみの自覚に心痛む思いがする」と保田は述べる。たしかに、秋成の非感性的な硬質の文体のあいだから、傷つきやすいあまりに世間を白眼視しなければならなかった芸術家の悲しみの旋律は嫋々と鳴り響いているのである。ティボーデが言ったように、「芸術家小説は自叙伝にぴったり結合する」のだ。

そういう逆説を、読者はこの絶美の変身物語のなかから読み取っていただきたいと思う。

秋成の怪異譚は、ほとんどすべて中国の説話に典拠を置いたものとされており、この

『夢應の鯉魚』にも、宋の大説話集『太平広記』巻四百七十一の薛偉、同じく『古今説海』の説淵十五の「魚服記」、その他二三の原話があるようである。しかし、そんなことは文学鑑賞上どうでもよいことで、秋成は江戸期において早くも近代小説の文体を発見していたればこそ、今日、読むに堪える稀有な作家として、私たちの前に現前しているのである。

泉鏡花『高野聖』

すでに佐藤春夫が炯眼をもって見抜いていたように、秋成の怪異譚は男性的な悲壮美の世界で、そこに登場する幽霊も、『浅茅が宿』その他を別とすれば、多く男性の幽霊であるという点に特徴があった。これに反して、鏡花の幽霊は多く女性であり、しかもマリオ・プラーツが名著『ロマンティック・アゴニー』のなかで公式化したような、Fatal woman「破滅をもたらす女」であるという点が特徴的である、と私は考えたい。マリオ・プラーツの理論を私流にくだいて説明するならば、ロマン主義の初期には、一般にヒーロー（ダンディや悪人を含める）が美女を迫害するというパターンの小説が栄えるが、サドを頂点として、やがてロマン主義が世紀末の衰頽に向うと、今度は逆に、ヒロインが女吸血鬼のような魔性をおび、男を翻弄し破滅させるというパターンの小説が流行しはじめるのだ。このマリオ・プラーツ理論のなかに、極東のロマンティケルたる鏡花もまた、そっくり包括されてしまうような気が私にはするのである。

鏡花の永遠の女性とは、したがって一口に言えば、この「破滅をもたらす女」、すなわち庇護者であると同時に破壊者の面をも備えた、おそろしい美女なのである。鏡花の花柳小説に出てくる侠気に富んだ芸者も、むろん、このタイプのヴァリエーションと見て差支えない。ギリシア神話のキルケーのように、『高野聖』の美女は息を吹きかけるだけで、男を獣に変身せしめる不吉な魔性の力を有するが、しかもその反面、白痴の良人には母性的な愛情を示す。『高野聖』は、このような女に憧れる鏡花の性愛構造の秘密を、メタモルフォーシスの怪異譚として、白日のもとに暴き出した傑作と言うべきであろう。

中島敦『山月記』

秋成の衣鉢を継いだのか、敦の『山月記』も中国物、すなわち唐代の李景亮の『人虎伝』を粉本とした翻案作品である。その作品のアレゴリーも『夢應の鯉魚』のそれに似て、世に容れられぬ芸術家の悲哀をあらわしている。どうもメタモルフォーシスのテーマには、近代小説家がこれを扱うと、このような寓意と結びつきやすい必然性があるもののようである。

ちなみに、人間の至暴なるものが化して猛虎となるという説は、東洋、とくに虎の多く棲息していた中国や朝鮮では、きわめて広く分布しており、たとえば古く『淮南子』や、また『漁樵問話』『陶朱新録』『録異記』『広異記』『齊諧記』などの説話集に散見するという。日本における同じテーマの物語は、したがって、これら中国朝鮮の説話に直接に影響されたものと見なすことができよう。

太宰治『魚服記』

「魚服記」という題名は、申すまでもなく『夢應の鯉魚』が典拠として利用した、宋の説話から借りたものであろうが、太宰がここで描いているのは、東北津軽の郷土色豊かな、抒情的なフォークロア的世界である。だから翻案臭は全くなく、完全に太宰の世界となっている。しかし太宰が秋成の物語を意識しているのは明らかで、『魚服記』の主人公は芸術家ではないが、それでも父親に純潔を汚されて生きて行くことのできない、山家育ちの潔癖な少女であるという点では、やはり芸術家のアナロジーとも解することが可能であろう。いわゆる太宰のいやらしさが、ここでは全く影をひそめて、作者の詩魂が誰の心にも沁み透ってくるような、これは文句なしの傑作である。

安部公房『デンドロカカリヤ』

骨の髄までメタモルフォーシスの論理で武装した小説家安部公房の、これは植物変身そのものをテーマとした、一篇の哲学小説ともいうべき作品である。安部にとって、植物への変身は自由の喪失、ニルヴァーナ的な惰性の世界への失墜を意味しており、世界全体はつねに滔々たる植物化への危機に瀕しているのだが、むろん、作者はここに安住することを拒否しているのだ。ともすると安部文学の永遠のテーマが、この人間の植物化（あるいは物質化）と、それに対する抵抗というイメージによって象徴された、ヘラクレイトス以来の自然弁証法の理念に基盤を有しているのではなかろうか。確かなことは、一般の変身譚作家のそれとは明らかに違って、安部の変身譚における植物が、自然的存在であるよりもむしろ社会的存在である、ということだろう。社会的メタモルフォーシスの作家として、けだし安部の存在はユニークである。

中井英夫『牧神の春』

　ことさら奇を衒わない単純な筋と自然な語り口が、おそらく、この小説を微笑ましい一篇の現代メルヘンとして成功させている原因のような気がする。誰でも経験のあることと思うが、私たちは子供の頃、呪文を唱えて本気で変身を願う。この小説では、その呪文が「石油を喰う微生物の名」であるところが秀逸で、メタモルフォーシスを愛好する精神が、どこかで博物学愛好の精神と交叉しているということの、これは一つの証拠と言い得るかもしれない。牧神は厳密に言えば動物ではないけれども、現代メルヘン的な動物変身のお手本として、この洒落た一篇を推奨する次第である。

蒲松齢『牡丹と耐冬』（『聊斎志異』より）

　これも厳密に言えばメタモルフォーシスではなく、花妖、つまり花の精の物語である。

花の精が人間の女の姿となって、人間の男と情を交わすという、いかにも中国らしい艶美なエロティックな植物妖異譚である。いったん掘り返されて衰死した牡丹の株を、薬水によってふたたび生き返らせると、幽鬼となった花の精もまた、みるみる元気を回復して性の営みに耽ることができるようになるという、植物の生理に即した物語の筋は大そう面白い。神仙思想に基づいた植物変身妖異譚の典型的な例として、一読をすすめたい。

オウィディウス『美少年ナルキッススとエコ』（『転身物語』より）

ギリシア神話の変身譚の百科全書ともいうべき『メタモルフォーシス』全十五巻からは、読者もつとに御存知と思われる、巻三の「ナルキッススとエコ」の物語を選んだ。ナルキッススの神話は、周知のように心理学では自己愛をあらわすナルシシズムの典拠であるが、本来は、鏡に映った自己の像を眺めれば死ぬという、鏡にまつわる古代の信仰から発した伝説であろうと言われている。またナルキッスス（水仙）は麻薬narcoticの語源で、古く「死人の花」の意味を有し、人間の霊魂を冥界に導く花とされた。美少年ナルキッススの自己陶酔は、したがって自分の魂が自分の肉体から脱して見えるようになる、戦慄的な死の恍惚だったわけである。

ジャック・カゾット『悪魔の恋』（第一章の抜萃）

ボードレールは『火箭』のなかに、「動物の名を借りた呼びかけは、恋愛の中にある悪魔的な面を示すものだ。悪魔たちは獣の姿を借りるではないか。カゾットの駱駝、悪魔、女」と書いている。カゾットの小説『悪魔の恋』は、十九世紀にいたって花咲いたフランス・ロマン派の幻想小説の先駆ともいうべき、このジャンルの十八世紀における唯一の早咲きの見本として、しばしば文学史家によって引合いに出される傑作であり、また悪魔と人間との交流という、隠秘学的な主題を扱った小説としても、文学史のなかで特異な地位を占める珍品となっている。すなわち、醜怪な悪魔ベルゼブルが楚々たる美女ビヨンデッタに化身して、主人公の青年アルヴァレに熱烈な恋をし、ついに大願成就して青年の愛を得るとともに、本性をあらわして立ち去ってしまうという、その物語の非凡な着想が、男女間の闘争にも比すべき恋の駆引のすぐれた心理描写と相俟って、この小説を今なお読むに足るものたらしめているのである。これも厳密にはメタモルフォーシスというよりも、むしろ恋する悪魔の変幻自在の超能力を描いたものと見るべきだが、ボードレール的な見地に立てば、人間の男女間の恋愛のアナロジーとも解し得るだろう。

ギヨーム・アポリネール『オノレ・シュブラックの失踪』

カメレオンが保護色によって、環境の色と容易に同化するように、ひとたび恐怖に襲われるや、任意に周囲の物体の一部に溶けこむことができる、異常な能力を有した男の物語である。メタモルフォーシスというよりも、江戸川乱歩のいわゆる「隠れ簑願望」に近いかもしれない。いずれにしても、無機物に変身する人間の物語はかなり珍らしいので、あえてここに収録した。

ジョン・コリアー『みどりの想い』

動物を食って成長する怖るべき蘭科植物に呑みこまれた男が、徐々に人間的性質を失って、植物的な無為と懶惰と無感覚《アパティア》の状態に落ちこんで行くところを綿密に描いた、植物怪談の代表的な傑作である。植物の逞ましい生命力が、これほど無気味に活写された作品を私は知らない。

フランツ・カフカ『断食芸人』

カフカといえば、まず名高いグレゴール・ザムザの甲虫変身を第一に挙げねばなるまいが、分量がやや長すぎる関係もあって、より短かい『断食芸人』を収録することにした。しかし断食芸人が断食のため、だんだん痩せ細って小さくなり、最後には藁と一緒に捨てられてしまう結末は、『変身』の甲虫がやはり何も食べず、平べったく干乾びて死んでしまう結末と、そっくり同じではなかろうか。要するにカフカのメタモルフォーシスは、無機物に還って行く退行願望、胎生の原記憶につながった、マゾヒスティックな胎内回帰願望の表現なのである。

アンデルセン『野の白鳥』

童話はメタモルフォーシスの宝庫であり、グリムの『蛙の王さま』にしても、ハウフの『こうのとりになったカリフの話』にしても、いとも簡単に人間が動物に変身する。そして神話や伝説のそれとは異った、童話的メタモルフォーシスの第一の特徴は何かといえば、動物に変身した人間が、物語の最後で呪いの魔法が解けるとともに、ふたたび元の人間の姿に復帰するということであろう。いわゆる「救出メルヘン」というやつで、この魔法にかかった不幸な状態は、心理学的あるいは民俗学的に分析すれば、若者の試練とか通過儀礼とかいった意味をあらわすにちがいない。

アンデルセンの『野の白鳥』は、グリムの『七羽の鴉』に幾らか似ているが、近代の創作童話だけあって、民間伝承の残酷なシンボリズムには乏しいようである。たとえば、『七羽の鴉』の妹が兄たちを救うために、指を一本切り落すのに対し、『野の白鳥』では、エリザは単に指を痛めてイラクサのかたびらを編むにすぎないのだ。

花田清輝『変形譚』（『復興期の精神』より）

日本から中国、ヨーロッパまでの変身譚のさまざまに目を通された読者は、ここで最後に、花田清輝のエッセーを読まれることによって、メタモルフォーシス現象に関するさらに広い哲学的、文明論的展望を得ることであろう。結論のない花田のエッセーはいつも比喩であり、比喩であるからこそ、私たちはその中から無限の教訓を汲み取ることができるのだ。自然の視点と社会の視点、神話の見地と科学の見地とを統一的にとらえて、私たちはたぶん、メタモルフォーシスの主題をもっともっとふくらませ、もっともっと発展させることも可能であろう。花田のエッセーはそれを暗示しているではないか。結論にならない蛇足をつけ加えるならば、メタモルフォーシスということ自体、一つの比喩にほかならないのである。私の性来の変身譚好みも、もしかしたら、そんなところに原因を求めることができるのかもしれない。

一九七二年七月

澁澤龍彥

潜在意識の虎

『動物の謝肉祭』序

クルティウスはその名高いプルースト論で、作家が人間社会を描くとき、彼らをファウナ型とフローラ型とに分類することができるだろうと言っている。この見方を気ままに私の好きな作家に適用するとすれば、さしずめフランツ・カフカはファウナ型、ジャン・ジュネはフローラ型ということになるだろう。しかし、ひるがえって日本の現代作家を考えるとなると、吉行淳之介のような明らかなフローラ型を別とすれば、おいそれと、この図式を適用するのもむずかしいような気がしてくる。

むしろ、フローラなりファウナなりの世界を扱った文学作品を、片っぱしから集めてみるに如くはあるまい。むろん、それもなかなか大仕事ではあろうが、ここに幸いにして、その方面に以前から博捜の手をひろげている堀切直人氏がいる。このアンソロジー『動物の謝肉祭』は、もっぱら堀切氏の編集になるものであることをお断わりしておこう。私は氏の編集意図に賛同して、序文を書くことになったまでである。

私は前に、「動物誌への愛」というエッセーのなかで、次のように書いたことがある。「神話学から精神分析学まで、紋章学からサイエンス・フィクションまで、動物誌は人間精神の歴史をつらぬいて連綿と生きつづけている。先史時代、洞窟の人類が最初の造形的表現のテーマとして選んだのも動物であるし、今日の子供たちが、ブラウン管に映し出される怪異な姿を眺めて熱狂しているのも動物である。」

志賀直哉や梶井基次郎や岡本かの子らを代表とする、従来の日本の短篇小説では、主として動物は生命力のシンボルとして利用されてきた。しかし、私たちの愛する動物は、必ずしもそれだけのものではあるまい。動物は変身譚においても活躍するし、寓話や幻想物語においても重要な役割を演ずる。泉鏡花や室生犀星や内田百閒は、かくて動物を多かれ少なかれアニミズム的に捉えていたように思う。私たちの無意識の奥底から、隙あらば飛び出してこようと待ちかまえているのが、これらの動物なのである。

今年の夏、千葉県の鹿野山のお寺から、そこに飼われていた子供の虎が脱走して、一時、大さわぎになったことがあった。御承知のように最後には射殺されたが、私は、この脱走した虎の子供が四週間近くものあいだ、警察の必死の捜索にもかかわらず、山のなかへ逃げこんだまま、杳として行方が知れなくなると、だんだん、虎に声援を送りたいような気分になってきたものであった。私は新聞を見ながら、心のなかで「頑張れよ、虎公」と叫んでいた。

私は、この虎が、私の潜在意識の奥底から飛び出してきて、形をあらわした虎のように思われてならなかったのである。

あなたも、この虎が、あなたの潜在意識の奥底から飛び出してきた虎のように、お思いになりませんでしたか。

毒草園から近代化学へ

古代ペルガモン最後の帝王アッタロス三世（前一三三年歿）や、ポントス王ミトリダテス六世（前一六三年歿）などが、王宮の庭に広大な毒草園を造営して、大勢の学者たちを集め、日夜真剣に毒物の研究にふけっていたというエピソードには、私たちのロマンティックな犯罪学的空想力を大いに刺戟するものがあるであろう。

むろん、これらの帝王たち自身にしてみれば、ロマンティックどころの騒ぎではなく、暗殺に対する恐怖心から、いわば保身のために、毒物や解毒剤の研究に力を注いでいたわけなので、王宮内では、ずいぶんむごたらしい野蛮な実験なども行われたに相違ないのであるが、——二十世紀の私たちの目から見れば、彼らの所業も、なにか子供っぽい、ほほえましい、無邪気な王さまの慰みごとのようにしか見えないのである。

小アジア西北部のペルガモンは、この地を都とした富裕なアッタロス王家が学問や美術を奨励したので、ヘレニズム文化の一大中心地として栄えたが、最後のアッタロス三世も、彫刻を趣味として一向に政治を顧みなかったそうである。得意の毒薬で近親者を毒殺して王位についたが、やがて籠居したのは、良心の苛責に堪えかねてのことだと言われる。彼が日射病で死んだという伝説があるのも面白い。いかにも庭園や植物の好きな王さまらしいではないか。

実際、大人になってからも、植物園とか、動物園とか、水族館とかを奇妙に愛好する性癖の人間がいるものだ。なにも古代の帝王ばかりに限らない。私などもその一人であるが、――毒草園という不吉なイメージには、さらに人間の死に結びついた、甘美な、豪奢な、いわば妖しい腐敗の魅力があって、それが一層私たちの想像力を掻き立てるらしいのだ。

日本にも、昔から本草学という学問の伝統があったから、方々に有名な古い毒草園が残っているけれどもいま私が思い出すのは、箱根の強羅公園でふと見つけた小さな毒草園だ。

もう二三年前のこと、私がさる女友達と一緒に早雲山をケーブルで降り、メシア教の箱根美術館を観て後ぶらぶら近くの公園のなかへ入って行くと、隅の方に柵をめぐらした一廓があって、そこにドクウツギ、トリカブト、ヤマゴボウ、シキミ、ドクゼリ、スイバなどと、植物名を記した小さな木の名札の立っている、ささやかな毒草園があった。

樹木と化した娘たち
コロンナ著『ポリフィルの夢』（1499年）の挿絵

おそらく毒草園などに興味をもつ遊山客はいないのだろう。あたりには誰も人がいない。夕闇のなかで、白い花をゆらゆら揺すり、微風にさやさや葉を鳴らしている有毒植物たちの、ひっそりとした孤独なすがたには、なかなか捨てがたい味があったことを記憶している。……

毒草園というものの頽廃的な甘美なイメージを、作品の主題として利用した小説が西洋には幾つかある。たとえば、ナサニエル・ホーソンの『ラパチーニの娘』がそれだ。

すばらしい豪華な毒草の庭園を造営しているラパチーニという老植物学者が、美しい自分の娘を子供の頃から毒素によって養育しているので、彼女に恋する若い学生もまた、禁断の庭園を娘と一緒に散歩したりしているうちに、全身毒素に染まり、昆虫や蜘蛛にふうっと息を吹きかけただけで、それらを一ぺんに殺してしまうほどの呪われた肉体の持主になってしまう。物語の最後は、恋人に面罵された娘が自分の運命に絶望して、ベンヴェヌート・チェルリーニの製造になるという解毒剤を嚥んで、死んでしまう。

つまり、「ラパチーニの手腕が彼女の地上的な肉体をあまりにも根本的に変化させていたがために、彼女にとっては毒が生命であり、したがって解毒剤は死であった」のだ。

これと非常によく似た筋の小説に、ロシアのデカダン作家ソログープの書いた『毒の

コンラド・フォン・メーゲンベルクの『自然の書』(1475年)より

園』がある。黒ずくめの服装をした怪奇な老植物学者や、その娘に恋をする純情な学生が登場してくるところまで、前者とそっくり同じシチュエーションである。

娘はやはり幼時から毒の園に育って、全身毒素に染まっている。ある晩、若い二人は花園のなかで密会する。そのとき娘は自分の肉体の秘密を明かして、早くこの園から去ってくれと言うが、恋する青年は承知しない。そして美しい月夜、さまざまな香気高い花が一ぱい咲き匂っている毒の園のなかで、二人は接吻しながら、そのまま自然に眠るように、月光の魅力と花園の毒気とに魅せられたかのごとく死んで行くのである。

マルキ・ド・サドの『悪徳の栄え』にも、魔法使の女デュランが造営している奇妙な有毒植物園のエピソオドが出てくる。ジュリエットとクレアウィルは、ここで緑金蟇（ミドリヒキガエル）の有毒な粉末を買う。

毒を少量ずつ嚥んで、次第に人間の身体を免疫性体質につくり変えて行くというアイディアは、ロオマの歴史家コルネリウス・ネポスの語っているミトリダテス王の故事以来、デュマの『モンテ・クリスト伯』や、現代の推理小説（たとえばドロシイ・セイヤーズの『毒』）にいたるまで、非常に多く利用されている。

モンテ・クリスト伯爵は、義理の娘ヴァランティーヌを亡き者にしようと企んでいる検事総長ヴィルフォール夫人に向って、次のように、毒物学の一くさりを講義する。

「たとえば、その毒がブルシン（印度産の植物マチンから採った猛毒アルカロイド）だったと仮定しますよ。そして、始めの日にはそれの一ミリグラムを召し上る、次の日には二ミリグラム、やがて十日目の終りには、一サンチグラムまでお嚥みになれるようになる。こうして、一ミリグラムずつ増して行って、二十日目の終りには二サンチグラムすなわち奥さまにとっては何の障りもない量ですけれどもあらかじめそうした用心をしておかなかった人には、すでに非常に危険である量をお飲みになれます。こうして、一ヵ月の終りには、同じ瓶の水をお飲みになりながら、御一緒にその水を飲んだ相手を殺すことが可能になるのです。」

さて、このように、毒による殺人の方法が犯罪学的に洗錬され、毒殺事件が単に王侯や貴族の周辺で行われるばかりでなく、庶民のあいだでも頻々と発生するようになったのは、何と言っても十九世紀から以後のことであった。砒素や燐が容易に庶民の手に入るようになったのは、十九世紀中葉以降、つまり、産業革命や工業の発達と関係があった。

すでに毒草園などといった中世紀的なロマンティシズムは影をひそめ、犯罪が近代科学と結びつき、大手をふって産業都市のなかを歩き廻りはじめていたのである。

スイバ

ドクウツギ

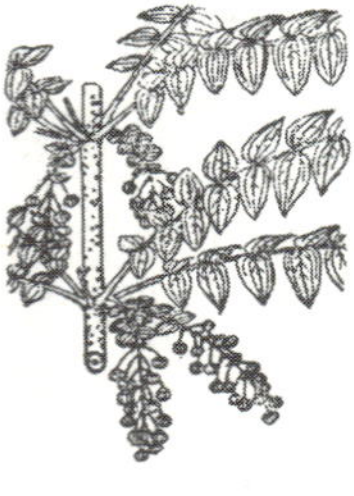

トリカブト

次に掲げる統計は、ラカッサーニュ博士の作製した、フランスにおける毒殺事件の件数を年度別に示すものである（『法医学概論』パリ、一九〇六）。

一八三〇―一八三五年	一一五件
一八四〇―一八四五	二五〇
一八五〇―一八五五	二九四
一八六〇―一八六五	一九一
一八七〇―一八七五	九九
一八八〇―一八八五	四九
一八九〇―一八九五	五四
一八九五―一九〇〇	三四

これを見ると、一八四〇年から一八五五年あたりまでを頂点として、毒殺事件は徐々に減少して行く傾向にあることが分る。一八五〇年といえば、ちょうど有毒の黄燐マッチが使用され出した頃であることを念頭に置いていただきたい。プロレタリアのあいだでは、いわゆる「マッチのスープ」が最も手軽な毒殺方法であった。

毒薬の分類も、以前のように単純な動物、植物、鉱物といった三種類の分け方では間に合わなくなってきた。そんな中世紀的な薬剤師の観念では、とても複雑な化学式や構造式を律するわけには行かない。十七世紀の薬剤師グラゼルのあとを承けて、シェーレ、ヘイルズ、ラヴォアジエなどといった化学者が、薬物の分野を長足に進歩させたので、毒薬の種類もきわめて複雑多岐になってきたのである。

次に示すのは、アンブロワズ・タルディユの名著『毒殺に関する法医学的・臨床医学的研究』(パリ、一八七五)のなかに提示された、新らしい時代に即応した毒薬の分類法である。

(1) 刺戟性・腐蝕性中毒。刺戟性の局所作用を惹き起し、消化器官を侵す。(酸、アルカリ、塩基、塩素、ヨード、臭素、アルカリ性硫化物、峻下剤など)

(2) 衰弱性ないし擬似コレラ性症状を惹起する中毒。全身性の偶発症状と生命力の急激かつ深甚な低下を伴う。(砒素、燐、銅塩、水銀、錫、蒼鉛、吐剤、硝石、蓚酸、ジギタリス、ジギタリンなど)

(3) 麻痺性毒物による中毒。神経系に抑圧作用をおよぼす。(鉛の調合剤、炭酸ガス、一酸化炭素、炭化水素、硫化水素、エーテル、クロロフォルム、クラーレ、ベラドンナ、タバコ、その他有毒茄子科植物、毒ニンジン、毒キノコ等)

(4) 麻酔剤による中毒。いわゆるナルコティズム(麻薬中毒)と呼ばれる特殊な作用をあらわす。(阿片およびその成分、その化合物など)

(5) 痙攣性毒物による中毒。本質的特徴として神経中枢に激烈な作用を惹き起し、瞬時にして死を招く可能性がある。（ストリキニーネ、馬銭子《ホミカ》、ブルシン、青酸、トリカブト、硫酸キニーネ、カンタリス、樟脳、アルコオルなど）

以上のごとく五種類に分けられるが、むろん毒物学者によっては、別の分類法を採用している人もある。

近代の法医学の発達によって、毒物検出の方法もいちじるしく進歩したが、それと同時に、かつては想像も及ばなかったような複雑巧緻な毒殺事件や、また毒物そのものの種類の増加も見られるにいたったので、おそらく、科学の進歩と毒殺術の進歩とは、平行しているとしか考えられないのである。

一八三六年には、イギリスの化学者マーシュが砒素の定量をする装置を発明した。それから三年後に、近代毒物学の父ともいうべきフランスのオルフィラによって、ある種の毒が一定の器官に選択的に固着するものであることが証明された。それ以来、法医学者は、胃腸管およびその付属器官のなかにある毒の定量をするだけでは満足せず、心臓、脳、肺その他のなかにある毒までも検索するようになった。

一八四〇年には、フレゼニウスおよびバボオが、鉱物毒の検出のためのきわめて有効な一方法を提出した。

一八五〇年には、ベルギーの大毒物学者シュタッスが、有名なボカルメ事件の最中にアルカロイドの抽出法を示したが、それは内臓のなかのニコチンの検索を目ざしたものであった。

一八六三年のラ・ポムレエ事件に際しては、タルディユとルーサンとが始めて毒物学に生理学的実験を導入した。

一九〇六年には、ベルトロの名著『毒性ガス分析論』があらわれたが、これは今なお毒性のガスおよび蒸気の毒物学的実験の基礎をなす文献となっている。

こんな工合に、十九世紀のあいだ、毒物学の検査方法の進歩には目ざましいものがあったにも拘らず、犯罪者たちは、科学や法医学の武器の前に完全にカブトを脱ぐには至らなかった。

たしかに文明国では、毒殺の犯罪数は十九世紀中葉以降急速に少なくなってきてはいるものの、一世紀このかた行われた犯罪による中毒の統計をしらべてみると、ふしぎなことに気がつくのである。それは、どんなに検出方法が完全に近づこうとも、犯罪者たちのある種の毒物に対する嗜好には変りはない、ということだ。

マッチが黄燐から無害の赤燐に変ってからは、いわゆる「マッチのスープ」の流行はすたれてしまったけれども、たとえば砒素とかストリキニーネとかいった、比較的容易

ドクニンジン

チョウセンアサガオ

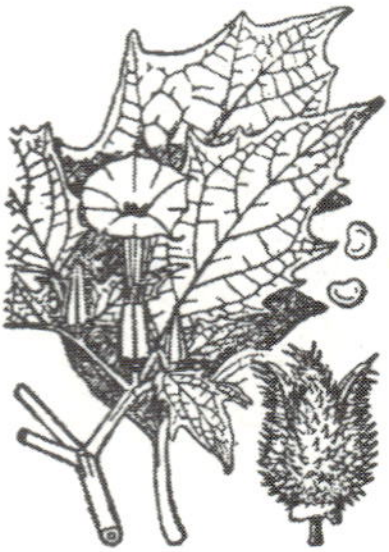

ベラドンナ

に入手できる激毒は、検出方法の如何にかかわらず、ほとんどつねに犯罪者たちに偏愛されているのである。

そしてとくに、男ほど創意に富んでいない無知な女の毒殺犯に、このような毒物を無反省に用いたがる傾向の者の多いことが、統計的に証明されているのも面白い。新らしい薬物学の知識をもって、比較的検出されにくいニコチンとか、モルヒネとか、ジギタリンとかを用いる熟考した毒殺犯は、いつもきまって、男なのである。

砒素が正常状態の人間の身体のなかにも存在するばかりか、何十年何百年というあいだ、毛髪や骨に蓄積され残留する事実は、よく知られているが、最近では核反応炉で故人の遺髪や骨を照射して、はるかな過去に謎の死をとげた人間の、死因を究明してみることも可能になったようである。

十六世紀のスエーデン王エリック十四世の遺骸（防腐処置をほどこされ、一種のミイラになっていた）も、これに類する方法で検査されたが、ごく最近（一九六二年）では、ナポレオンの遺髪がやはりこのような調査の対象になった。こうした方法によって、それまで曖昧だった歴史の決定的な塗り変えや、個人の名誉回復が行われることも十分考えられる。

ナポレオンがセント・ヘレナ島で死んだとき、その死因について、毒殺か病死かの議論はいろいろと取沙汰され、結局、深い謎に包まれて今日に至っていたのであった。

ところが、イギリスの科学誌「自然《ネイチャー》」の最近号に、グラスゴウ大学のハミルトン・スミス博士とスエーデンのゲーテボルク大学のアンデルス・バゼーン博士の二人が共同発表の形で、ナポレオンの頭髪には、常人の十三倍にも及ぶ砒素が含まれていることを確認したと公表したのである。調査の材料に使った髪の毛は、ナポレオンが死んだ翌日に採られたもので、それをハーウェル実験所の核反応炉で照射させた結果、以上のごとき事実が判明したのであった。

これだけで毒殺説を決定的なものと考えることは、いささか困難らしいが、いずれにせよ、死の直前、「自分はイギリスの寡頭政治の手先に虐殺されて、死んで行くのだ」と叫んだナポレオンの言葉が、ふたたび新らしい現実性をもって生きてきたことは否めないだろう。

この方法をもっと組織的に大規模に応用して、歴史上に謎の死をとげた人物の墓をどんどん次々にあばいて行ったら、さぞかし面白いだろうと思う。

もっとも、そうなったら非常に都合のわるい立場に立たされる側の政府や家族もあることだから、権力や金の力による妨害は必至と見られるし、これは所詮、不可能な夢の計画であるかもしれない。

ナポレオンにふれた序でに述べておくと、彼もまた、一生涯、毒殺の脅威におびえながら生きていた独裁者であり、彼自身も毒薬を使った嫌疑がある。カンポ・フォルミオの調印後、執政官たちが彼のために催した晩餐会では、並べ立てられた御馳走のほとんど一皿にも、彼は手をつけなかったと言われる。また彼は、シリアのヤッファでペストに罹った兵隊八十七人を毒殺したと非難されたこともある。
フォンテンブロオに追いつめられて、ついに帝位を退かねばならなくなったとき、ナポレオンは、一八一四年四月十二日の深夜、毒薬によって自らの生命を絶とうと試みた。しかし、彼が水に溶かした毒薬は、あまりにも古く、湿っていて、この自殺は不成功に終った。

ある侍従の回想記によると、皇帝はロシヤ戦線でも英国戦線でも、つねに毒薬を肌身離さず、小さな黒い絹の袋に入れて、首から紐で吊っていたと伝えられる。むろん、これはいざという場合に、自殺をして果てるためのものだった。……

砒素が毒物界の王者であるという定説は、十七世紀以来、依然として揺るぎないところであるが、これに次ぐ物として十九世紀期間中にぐんぐん力を伸ばしてきたのは、銅塩である。

当時の小説、バルザックの『従兄ポンス』のなかにも、たしか、病人の飲む煎じ薬に、指環をひたして、こっそり、緑青を溶かしこみ、徐々に患者を死に至らしめる場面があった。

有名なG・ブノアの学位論文（リヨン、一八八九）から抜いた次の表を見ると、砒素と銅塩と燐を用いた犯罪が断然として他を圧していることがはっきり分る。

この表は、一八三五年から一八八五年まで、半世紀にわたる期間の毒殺犯罪事件の統計である。

（使用毒物）	（犯罪件数）
砒素	八三六
銅塩	三六九
燐	三四〇
硫酸・硝酸・塩酸	九二
カンタリス	五九
馬銭子・ストリキニーネ	三二
阿片・ケシ・モルヒネ	二二
青酸・青酸カリ	九

一八四六年十月二十九日、フランスで毒物販売を規制する法令が出されるまでは、砒素はきわめて容易に入手可能だったので、一八三二年にコレラがヨーロッパ一円に猛威をふるった際など、集団毒殺ではないかという噂が流れたほどであった。周知のように、砒素の中毒症状はよくコレラと間違えられるのである。

なぜこんな危険な毒物が野放しに市販されていたのかというと、ガレヌスやディオスコリデスの昔以来、砒素はすぐれた脱毛剤として美容の面に利用されていたのだ。このことについて、ロニェッタ博士は次のように述べている。

「この粉薬は、現在でも東洋のいたるところで、またパリにおいてさえ使われている。数年前にも、私はナポリのある老婦人から、砒素の幾包みかを送ってほしいと依頼された。この粉薬を使用する際には、唾液と混ぜ、一種の捏粉のようにして、これを脱毛したいと思う場所に貼りつける。数分間そうしておいて、やがて乾いたら木のナイフで剝がすと、きれいに毛が抜け落ちるのだ。」(『砒素中毒の治療法』パリ、一八四〇)

要するにこれは、現在でもお洒落な御婦人方が腋毛などを除去するために用いている脱毛パックと、同じようなやり方だ。

そのほか、砒素は普通の化粧水のなかにも、医薬品にも、園芸用や農業用薬剤のなかにも、標本保存用薬液中にも、剝製師用石鹼にも、絵具にも、猫いらずや殺虫剤にも、粗悪な食料品にも、蠟燭(油脂に亜砒酸が混っている)にも、それぞれ微量に含まれている。のみならず、かつてオーストリアでは、雄黄と亜砒酸とが麻酔剤として用いられていたことさえあるそうだ。

これによっても分る通り、人類はごく最近まで、知らず識らずのうちに、習慣によって平気で毒を体内に摂取していたもののようである。

ルネ・ファーブル教授の挙げている例によると、一九三一年の十二月に、四名の船員が皮下溢血でル・アーヴル港の病院に収容された。

これは、食品による中毒か、皮膚に鉄材でも当ったのだろうと考えられた。

ところが、やがて二つの大汽船会社の乗組員のあいだにも、これが流行り出した。この二つの会社では、葡萄酒以外はどの食品も、それぞれ別のルートから購入していた。そこで、この方面に見当をつけて調べてみると、乗組員の飲んだ酒と違う酒を飲んでいる高級船員のあいだからは、一名の中毒者も出ておらず、また酒を飲まなかった船員たちも、やられていないことが判明した。

分析の結果、葡萄酒一リットル当り三ミリないし十九ミリグラムの割合で、砒素量が含まれていることが分った。診断がつくと、ただちにラジオで放送されたが、すでに時遅く、中毒はぐんぐん蔓延した。

おそらくこの砒素は、葡萄の薬液撒布に溶性の砒素を含んだ銅性の液を用いるので、それが醱酵中に、葡萄酒の中に入ったものらしかった。

こういう例は、目立った結果にならずとも、他にたくさんあるにちがいない。

デカダンス再生の〝毒〟

サドの現代性

コクトオのアフォリスムに「ひとは判事か被告かである。判事は座っている。被告は立っている。立って生きること」というのがあるが、これをひねって言えば、百五十年前に死んでなお被告として立ちつづけているサド、いかなる文学史の頁にもその席を与えられていないサドは、何という名誉を担って今日に生きていることか。（尤も最近邦訳されたクセジュ版の『十八世紀文学』には「恥ずべき三人」としてレチフ、サド、ラクロの名が載ってはいるが。）

サドの復活に疑心をいだく向きがあるようだが、その「判事」的論理は大てい偏狭かつ性急で、いただきかねるものが多い。「デカダンス」とは、何が善で何が悪であるかを見きわめる自由より、怠惰な平和と死とを好む精神の謂で、今日、文化政策的な顧慮にわざわいされて物事の本質をつく思考が不能に陥っている人々を多く見受けるが、こういう済度しがたいデカダンス、思想的インポテンツにこそ、サドの強烈な毒を飲ませてやりたい。毒が薬になるという弁証法（？）を百万だら唱えるより、インポテンツを直した方が結構だろう。

サドの思想を解すべき重大な因子を、私はとくに彼の死刑反対の議論の裡に見出す。作品においても実生活においても、彼はつねに「合法的な殺人」である死刑に抗議した。「法律は本来冷静なものであるから、殺人という残虐行為を人間において合法化する激情とは、およそ縁遠いものであるはずだ。人間は自然から、かかる行為を大目に見てもらえるような感じがする性質を享けているが、法律はこれに反し、つねに自然と対立し、自然からは何一つ与えられていないので、従って人間と同じ過失を自らに認めることは許されない。」これこそあらゆる概念の至上権の上に人間の至上権を確立せんとした彼の所念から生れた言葉であって、その余のすべての哲学的議論も色あせてしまうほどの光輝を有っている。

またサドはこう言う、「おお、ありとある国家の死刑執行人よ、投獄者よ、馬鹿者よ。いつになったら君等は、人間を閉じ込め死なせる学よりも、人間を知る学を好むようになるのか。」ここでは彼は、欲望の自由にもとづく社会は道徳の自由とともに進むべきだと示唆している。道徳の自由とは、イワン・カラマゾフ流に、悪と死とに抗議するために は罪をも犯させる精神の自由であり、もしまたイワンの例がお気に召さないなら、さよう、一九四二年、ドイツ兵の銃口に向って「馬鹿者ども、お前たちのためにおれは死ぬのだ」という叫びを発せしめたヴァランタン・フェルドマンの自由を挙げてもよい。

もちろん、サドとカラマゾフとV・フェルドマンとの間には、反逆の論理的段階においても歴史の状況においてもそれぞれ大へんな隔たりがあって、これを同一平面上に並べるの愚は私といえども承知しているが、しかもなお、形而上学の極限がつねに現実への行動の踏切板である。「道徳は政治の論理的以前でなければならぬ」という意味において、彼等を一つのパースペクティヴから眺める分には差支えないと考えるのだ。

サドの予言的な夢と全的な自由への渇仰が形而上的袋小路に迷い込むとき、十八世紀の文人ならぬ私たちが、この彼の夢の渇仰すなわち「文学」によって直ちに救われるとしたら、ずいぶんお目出たい話だ。むろん、そのようなことはあり得ないのであって、それはあたかも、私たちが政治的自由と文化の伝統を守らんとする人民の権利において参加する原爆禁止のカンパニヤによって、死に直面した人間の孤独を免れることを得ると思ったら、これまた大きな怠慢と言わねばならないのと同じである。ごく当り前の話である。

しかし、「死をも快楽に変えるリベルタンの倫理」は、果して直ちに「敗北のモラル」「原爆を催眠剤に変える化学方程式」に通じるだろうか。私は抽象的という言葉を軽々に使わないが、この断定はどうやら「抽象論」であるように思われる。アラゴンの「共産主義的人間」によれば、若きデカルト学徒であったジャック・ドクウルはナチの手に捕えられるや、「地を培うために木から落ちる一枚の木の葉」という感慨をもって、ドイツ兵の銃口の前に立った。これは「自滅の正当化を説く敗北のモラル」であろうか。（それともあなたは、レジスタンスはもう古い、それは「今日的偉大さ」ではないと、またまた奇怪なことを仰言るだろうか。）

それにしても、人間の尊厳を完膚なきまでに傷つけたこの十八世紀の作家が、「合法的殺人」の否認ということで、二十世紀の国家のよく達し得ない文化的レベルに身を置いていたこと、また彼が人間の欲望の自由な遂行に伴なう結果として承認した自然の破壊ということが、今日国家権力によっていつ濫用されるやもしれぬ状態にあることを思うと、私は涙が出るほど可笑しくなるのである。

優雅な屍体について

フロイトの「死の本能」説を引き合いに出すまでもなく、エロティシズムと死とは、深い結びつきがある。若々しいエロスは、つねに死の腐敗のなかで微笑するのである。

トオマス・マンの美しい小説『ヴェニスに死す』のなかで、ヴェニスのホテルに泊っている五十歳の作家グスタフ・アッシェンバッハは、この水の都が怖ろしい疫病に侵されて行くにつれて、いよいよ美少年タッジオに対する愛着を深めて行く。いわば、環境の腐敗と主体の欲望とが、平行して進行して行くのである。ちょうどドリアン・グレイの画像が、ドリアンの悪徳や情欲の進行につれて、いよいよ無残に蝕まれて行くように。そうして、ついに主体そのものも環境によって侵され、腐敗のなかに呑みこまれる。情欲と腐敗とが、死のなかで手を握ったのだ。

「エロティシズムとは、死にまで高まる生の讃美である」というジョルジュ・バタイユの言葉を、この小説ほど見事に描き出したものはあるまい。

＊

ネクロフィリアという言葉は、十九世紀の半ば頃、ベルギーの精神病医ギスランによって創始されたが、屍体に性的魅力を感ずる傾向を意味する言葉として初めて用いたのは、フランスのエポラール博士である。屍体のみならず、総じて冷たいもの、動かないもの、墓場とか、廃墟とか、月光とか、幽鬼とかに対する執着にも、同じくネクロフィリアの語を用いることがあるが、これは多分に文学的な修辞というべきで、むしろヴァンピリズム（吸血鬼信仰）の語を使った方がよいかもしれない。

たとえば日本では、上田秋成のような屍臭の漂う世界を描く作家が、典型的なヴァンピリズムの作家といえるだろう。『青頭巾』など、その極端なものである。ある高僧が美童を愛するあまり、その美童が病気になって死んでからも、「火に焼き、土に葬る事をもせで、臉《かお》に臉をもたせ、手に手をとりくみて日を経《へ》給《たも》うが、終に心神《こころ》みだれ、生きてありしに違《たが》わず戯《たわぶ》れつつも、その肉の腐り爛るるを吝《おし》みて、肉を吸い骨を嘗て、はた喫《くら》いつくしぬ」という、まことに怖ろしい話である。

西洋では、いちばん古い例として、ヘロドトスの伝える古代エジプトの伝説がある。エジプトでは、若い娘が死ぬと、数日たってからミイラ製造職人の手に屍体を渡す習慣だった、というのである。近代の文学作品としては、まず短篇作家のエドガア・ポオ、テオフィル・ゴオティエ、それに詩人のボオドレエルに指を屈しなければなるまい。

死屍を追う蛆虫の群が　音高く這うように

おれは　進んで攻撃し　攀《よ》じては襲う。
おお　和らげることのできぬ残虐な獣よ。
おれはその　冷酷さえも愛するし
冷酷だからいよいよお前が美しい。

これは、『悪の華』のなかの一篇の断片であるが、詩人のネクロフィルな性格をよく表わしている。純粋な屍体への愛着は、腐敗に対する嗜好とは明らかに反対のものなのだ。『青頭巾』のようなネクロ・サディズムとも、直接関係はない。ポオの詩『眠る女』のなかに、「ひそやかに、蛆虫どもよ、彼女のまわりを這いまわれ」とあるように、純粋な屍体愛好者は、屍体が腐りもせずに、永久にそのままの形で残ることを期待する。屍体はそれ自体、あるがままの姿で、美術品のように美しいのである。

やはりポオの短篇のなかに、死んだ若い妻の屍体を塩づけにして、大きな長方形の箱に入れ、その箱と一緒に、ひそかに汽船に乗りこんでくる男の話（『長方形の箱』）がある。彼は夜な夜な箱の蓋をあけて、忍び音に歎きのすすり泣きを洩らすのである。

このようなネクロフィリアの延長線上に、一種のタナトフィリア（滅亡愛）とも称すべき極端な場合がある。自分が死んだと空想して、快感をおぼえる傾向である。十九世紀末の有名な大女優サラ・ベルナアルに、かかる傾向があったという。彼女は自分の邸にいつも棺を置いておき、自分がその中に入って、死人の振りをするのを好んだ。彼女に命ぜられて、周囲の者が悲しげに泣いて見せたりするのだった。

世紀末には、しかし、こんな悪趣味もそれほど珍らしくなかったようである。パリの妓楼にも、そういう趣味の客のために、とくに設備された「屍体の部屋」があった。レオ・タクシルの『当代の売淫』（一八九二年）によれば、ある高僧が、黒ビロオドのカーテンを張りめぐらし、蒼白い蠟燭の光に照らされた部屋で、娼婦に屍体として白衣を着せ、死人らしいメイキャップをさせ、棺の中にじっと横たわっているように註文して、おのれの情欲を行使したという。フランス版『青頭巾』といったところか。

＊

死者の転生という考え方も、ネクロフィリアを成立させるための重要な因子である。ポオの『リジイア』では、前に死んだ最初の妻リジイアが、二度目の妻ロウィーナ姫の屍体に乗り移って蘇生する。また『モレラ』では、死んだ母親モレラが、彼女自身の生んだ娘のうちに転生する。ポオは、一人の女の死と再生のテーマに憑かれていたらしい。

ポオ研究家の女流精神分析学者マリイ・ボナパルトによると、幼年時代における母エリザベス・アーノルドの死が、彼の感情生活の面に決定的な影響をおよぼし、その後永く彼の一生を支配したという。つまり、彼の作品のなかで、何度も死んでは生き返る女は、すべて母エリザベスのイメージだったのだ。

戦慄すべき傑作『ベレニス』は、男が自分の愛人の墓場に下りて行き、彼女の三十二枚の小さな白い歯を引き抜いて、小箱に入れておくという話であるが、これは一般に、若くして死んだポオの処女妻ヴァージニアがモデルだということになっている。しかし、死んで行くベレニスを、作者は次のように描き出す、「病気が、不治の病が、熱風のように彼女の体を襲った。わたしが彼女を見つめている間にも、変化の精が彼女の上を通り過ぎた。彼女の心と性格、習慣に滲み通り、最も巧妙かつ恐ろしいやり方で、彼女そのものまで変えてしまったのだ」と。こうして、ベレニス＝ヴァージニアから、さらにエリザベスへと変貌する。ポオの作品に出てくる女性は、必らず最後には母のイメージに帰着するのである。

そうしてみると、死んだ妻の屍体を箱に入れて持ち歩くという、前に引用した短篇のモチーフは、ポオの世界を解く上に、きわめて象徴的な意義をおびてくるだろう。いわば早く喪った一人の女のイメージを、ポオは生涯、箱に入れて持ち歩いたようなものであった。

ポオの眼底に焼きついていたのは、幼時に見た、死の床に横たわった母のイメージである。もっとも、母は彼が二歳の時に死んでいる筈だから、どういう風に記憶像が変形したかは分らない。ともあれ、こうして彼は婚姻の床と柩の台とを、無意識のうちに同一視するようになった。

『リジイア』のなかに、「婚姻の寝台は低く、堅い黒檀で彫られ、柩を覆う黒衣のような天蓋の下にあった」とある。また、彼の選ぶ花嫁は屍蠟のように蒼白な顔色をしていて（作品の世界においても、実人生においても）、必らず病気にかかっており、彼が最も彼女を愛するのは、死の近づいた時なのである。

「いったい、わたしは、真剣な焼けつくような願いをもって、モレラの死の瞬間を待ち望んでいたのであろうか」とモレラの夫は自問する。しかし、ひとはみな己の愛する者を殺したいという、ひそかな自分の願いを意識しているものなのだ。D・H・ロオレンスの言葉を借りれば、「生きているものを知ることは、とりも直さず、それを殺すことになるのであり、ひとは満足の行くまで知るためには、その相手を殺さなければならないのである。それゆえに、物欲しげな意識、つまり精神というものは、吸血鬼にも等しいといえる」のだ。

ポオが自分の苦悩を癒やされるのは、彼の愛する女が（ちょうど死んだ母のように）死ぬ時に限られている。女が死んで初めて、彼は近親相姦の苛責から解放されるのである。――これもマリイ・ボナパルトの意見であるが、傾聴に値する。

心理学者のオットオ・ランクは、あらゆる女のうちに唯一の女、母の面影を求めて、次々に女から女へ渡り歩くドン・ジュアンの心理を分析したが、ポオの女性に対する関係も、このドン・ジュアン＝コンプレックスと似ているのである。幼時の母に対する極端な固着が、大人になっても解消されないのだ。だから、彼は死せる母に忠実なあまり、現実に彼の目の前にあらわれる生きた女性には、しばしば不誠実である。たとえば、彼はヴァージニアの死後、セアラ・ホイットマン夫人とアニイ・リッチモンドとに宛てて、ほとんど同じような文面の恋文を同時に送っている。

死んだ者しか愛することのできない者、想像世界においてしか愛の焔を燃やそうとしない者は、現実には愛の対象を必要とせず、対象の幻影だけで事足りるのだ。だから、ポオの創造する女性はすべて、血の通っていない一種の幽霊的存在である。

『楕円形の肖像』という奇妙な小説では、画家はカンヴァスの上の色を、モデルになった妻の頰から引き出すのである。そして肖像が完成され、生き身そのままの女の姿が描き上げられたとき、すでに妻は死んでいるのだ。『モレラ』のなかの次の言葉、「生きていた間疎まれたあたしを、死んだ後きっとあなたはお慕いになるでしょう」――は、この『楕円形の肖像』にも、そのまま通じる。「わたしの異常な生活にあっては、感情は決して心から来ない。情欲はいつも頭から来る」というポオにとって、問題となるのは、つねに孤絶的な欲望、他者を捨象して生きようとする、一つの絶対的な愛だったと思われる。ポオのネクロフィリアには、したがって、精神的なオナニズムの色合いがあることを認めなければなるまい。

＊

ポオのネクロフィリアについてやや長く述べ過ぎたが、屍体を愛する者が、必らずしもオナニストやエディプス的傾向の者ばかりとは限らない。古代ギリシアの僭主ペリアンドロスは、死んだ妻メリッサと一年間暮らしていたというし、年老いたカルル大帝は、愛するドイツ生まれの金髪美人の屍体を手離しかねた、と伝えられる。

犯罪史上に残っている最も名高いネクロフィルの例には、墓場から屍体をあばき、これを凌《おか》したばかりでなく、ばらばらに寸断したという、明らかなネクロ・サディズムの行為を示したベルトラン軍曹のほか、アレクシス・エポラール博士によって詳しく報告された、ヴィクトル・アルディッソンという驚くべき男の例がある。

アルディッソンは新聞で「ミュイの吸血鬼」と呼ばれ、ピエルフウの精神病院に監禁されたが、おとなしい男で、医者の質問にはよく答えた。三歳から六十歳までの女の屍体を発掘し、一度などは、十三歳の少女の首を自分の家に持ってきたが、直接的にも間接的にも、いかなる性的凌辱をも加えなかった。彼はミイラ化した少女の首を、十字架だとか、天使の像だとか、ミサの典書だとか、蠟燭だとかいった奇妙な蒐集品のなかに加えて、大事に保存していたのである。

しばしば、彼はこの斬られた少女の首が、自分のまわりを漂っている夢を見た。彼はこれを自分の「許嫁」と呼んで、ときどき愛撫するだけだった。

そのほかにも、彼は少女の屍体を発掘しては家に持ち帰り、納屋の藁の上に置いておいたが、彼女たちは許嫁ではなくて、恋人のような相手だったらしい。警官に発見されたとき、いちばん最近家に連れてきた三歳の幼児が、半ば腐りかけて、藁の上にちょこんと置いてあったが、その頭には古い帽子がかぶせてあったという。

奇怪なのは、このアルディッソンという三十幾つになった男が、納屋のなかで、少女にいろんなことを話しかけていた、ということだ。死んだ者でも口がきける、と彼は確信していたのである。たしかに智能はひどく低く、字も満足に書けないような男だったが、一日中、熱心にジュール・ヴェルヌの冒険小説を読んだり、クラシック音楽に耳を傾けたりしていたという。しかし、フランスの国歌「ラ・マルセイエーズ」を知らないので、医者たちも呆れてしまったらしい。

さらに驚くべきは、味覚も嗅覚もほとんど無くて、彼の舌の上に塩、硫酸キニーネなどを置いても、ぜんぜん無感覚だったそうである。腐った肉でも平気で食べ、鼻の孔に胡椒を入れてやっても、苦しそうな様子も見せなかった。また、手の甲を針で刺しても、べつに飛びあがりもせず、「まあ我慢できる」と静かに答えたという。要するに、すべての肉体の部分にわたって、おそろしく感覚が鈍かったわけである。

彼は養父と二人暮らしで、後には墓掘り人足を職業としたが、およそありとあらゆる階層、ありとあらゆる年齢層の女を自分の物にした。まさに「墓場のドン・ジュアン」である。「三歳から六十歳まで、どんな女でも自分は満足だった」とみずから語っている。

ただし、一度だけ彼が心ならずも拒否した場合があった。その屍体は、脚が一本しかなかったのである。アルディッソンにとって、脚は重要な要素であった。女のふくらはぎが、彼には魅力だったのだ。こんな男にも、独特の美学があったのであり、夢のなかで、ふくらはぎの美しい少女を、いつも憧れをもって見ていたのであった。

ところで、マリイ・ボナパルトはこの男の場合にも、彼女独特のネクロフィリア解釈を下す。すなわち、前に述べたポオの場合と同じく、このアルディッソンもまた、幼年時に喪った母を、死んだ女たちのなかに求めているのだ、というのである。(たしかに、アルディッソンはごく幼い頃母に棄てられている。) この解釈が果して正しいかどうか、わたしたちには知る由もないが、少なくともアルディッソンという男を憎む気にはなれない。そうではなかろうか。

恐怖の詩　ラヴクラフト傑作集『暗黒の秘儀』

現代文明の合理主義を呪い、ひたすら超自然の恐怖に沈潜したラヴクラフトは、あり得べからざるものの執拗な描写によって、ついに恐怖をそのまま一つの詩にまで高めることのできた、稀なる作家のひとりであろう。「人間の感情のなかで最も強烈なものは恐怖である」と彼が言うとき、そこには恐怖をもって、社会の上部構造のすべてを説明しつくそうとする、この作家の信仰告白があらわれているように思われる。

メルヴィル頌

たぶん偶然であろうが、ハーマン・メルヴィルの小説二篇が、ほとんど時を同じくして二種類刊行された。一つは岩波文庫の『幽霊船』(原題「ベニート・セレーノ」。他に一篇「バートルビー」をふくむ。坂下昇訳)であり、もう一つは集英社版世界文学全集の『メルヴィル』(「タイピー」「バートルビー」「ベニートー・セレイノー」の三篇をふくむ。土岐恒二訳)である。

本がますます売れないという時期に、こういう地味な古典物の翻訳が同時に二種類も出るのだから、日本の出版界というのは不思議なものだ。しかし私は年来のメルヴィル・ファンだから、待ってましたとばかり、二冊とも買いこんで、舌なめずりするように、二つの翻訳文を丹念に検討した。とくに私のお目あては、日本語で初めて読む「ベニート・セレーノ」だったのである。

近ごろの外国文学の翻訳はひどいもので、最初の一ページに目を通しただけで、むらむらと腹が立って、ほうり出してしまいたくなるようなものが多いが、坂下訳も土岐訳も、さすがにベテランの翻訳だけあって、私を十分に楽しませてくれた。

「まるでピレネーの山の、どこか暗い絶壁に聳えたつ僧院が、雷電一過、水おしろいを掃きかけられ、雪じろに洗われたかのようだ。」（坂下訳）
「まるでピレーネ山脈のどこかの灰褐色の崖の上に建っているのが見えたりする、雷雨のあとの白亜の僧院のようだった。」（土岐訳）
　これだけでも分るように、坂下訳は多分にゴシック小説を意識した、今時にはめずらしい趣味的な、癖のある翻訳である。わざと古めかしい言葉が使ってあったりする。しかし独特のリズム感があって、私には決して読みにくいものではなかった。そこへいくと土岐訳は格調正しく、しかも平明で現代的である。甲乙はつけがたいが、どちらかといえば土岐訳のほうが一般向きだろう。
　さて、メルヴィルという作家は、一口にいえば端倪すべからざる作家だ。明らかにゴシック小説の系譜に属するが、もう一方では、バートンとかトマス・ブラウンとかいった、十七世紀の衒学的な、博物誌と奇譚とを混ぜ合わせたような、凝ったスタイルの散文家の影響をも蒙っているのである。その点で、エドガー・ポーとともに、アメリカの作家でありながら、ヨーロッパの作家以上にヨーロッパ的なものを感じさせる。まず第一に私が好きなのも、その点だ。
　しかし、そればかりではない。これは私の発見だと思っていたら、ちゃんとボルヘスが指摘しているので、くさったことをおぼえているが、たとえば「バートルビー」のような短篇には、明らかにカフカを予告するものが見られるのだ。

「壁の根方に、奇妙に縮こまって、両膝を引き寄せ、冷たい石に頭をのせたまま、横向きに寝ている、憔悴したバートルビーの姿を見つけた。」（土岐訳）

この何をしようという意志もない、生の徒労感を骨身に徹して知ったかのごとき、法律事務所に勤める孤独な独身者の死に方には、「変身」や「断食芸人」の主人公の死に方を思わせるものがあるではないか。

そういえば、大海洋や船の上を小説の舞台にしても、メルヴィルはつねに壮大な人間性の不条理、あるいは世界の不条理をしか描こうとはしない。「ベニート・セレーノ」も一種の船上の仮面劇で、そこでは人間性の謎は容易に捕捉しがたいのである。

避雷針屋

一七八三年七月三日から十一日までのあいだに書かれたと推定される、ヴァンセンヌの牢獄からのサド侯爵の夫人宛ての手紙は、次のような調子ではじまっている。

「お前が手紙に書いてきたヴァンセンヌの塔の災難とは、いったいなんのことだ。ここでは、私たちはいかなる災難にも遭遇しはしなかった。七月二日に、塔の一つの上に避雷針が設置された。それが雷を招き寄せて、そのような場合によく起るように、避雷針の先端に雷が落ちただけのことだ。それがどうしたというのだ。こんなことは災難などといったものではない、一つの実験、単なる一つの実験だよ。それにしても、お前がこんなことを話題にするとは、私にはやはりショックだったな。たしかに、私が雷で死ぬとすれば、それこそあらゆる災難のうちでいちばん小さな災難だろうからな。私にとっても、あらゆる死にざまのうちで、それがいちばん好ましい死にざまではないかと思うよ。というのは、それは一瞬の出来事で、まったく苦しみを伴わないからだ。おそらくそのためだろう、それは人生のあらゆる禍のうちで、私にいちばん本能的な嫌悪感を催させることが少ないものなのだ。」

サドの文面にあるように、一七八三年七月二日、ヴァンセンヌの塔の頂上に避雷針が設置されると、その日か、あるいはその翌日に、たまたま雷雨が起って避雷針に雷が落ちたらしい。よくまあ、設置したかと思うと、たちまち都合よく雷が落ちてくれたものである。パリの町では、まるで世界の終りに際会したように市民たちが恐れおののいたという。サド夫人も、この出来事に動顚して、さっそくヴァンセンヌにいるサドの安否を手紙で訊ねたのだった。そのとき、おそらく「災難」という言葉を使ったのであろう。災難と私が訳した言葉はフランス語のアクシダン、すなわち英語のアクシデントである。夫人はなんの気なしに使ったのだろうが、この言葉がサドの気にさわったのである。

フランクリンが有名な凧の実験を行ったのが一七五二年、初めてフィラデルフィアの自宅の屋根の上に避雷針を立てたのが一七五三年であるから、このヴァンセンヌの落雷事件は、それからやっと三十年しか経っていないころのことであり、まだ避雷針というものに、ひとびとは魔法めいた、畏怖の念に近いものをいだいていたのである。だからこそ、パリの市民たちは必要以上に大さわぎをしたのであろう。サドはこれを苦々しく思ったらしく、「単なる一つの実験だよ」と言い放っている。いかにも科学に強い十八世紀のインテリらしく、夫人の大げさな言葉を鼻の先であしらっている。

実際、ものの本によると、アメリカでもイギリスでもフランスでも、市民のあいだに避雷針を普及させるのには、いろいろな思いがけない困難が伴ったようである。とくにキリスト教の坊主たちが、避雷針設置に猛烈に反対したという。雷を引き寄せる魔法の棒を、事もあろうに教会の屋根の上におっ立てるのだから、彼らが不安を感じたのも無理はなかったかもしれない。百五十メートルもあろうかというゴシックの塔が町のなかに聳えているヨーロッパでは、まずなによりも教会にこそ避雷針を設置しなければならないはずなのに、肝心の坊主たちが首を縦にふらないのだから始末がわるかった。何事によらず、神の創った自然の秩序に反するように見えることには、坊主たちはむかしから使命感に燃えて頑強に反対したもので、たとえば屍体を解剖することにも、お寺の屋根からグライダーを飛ばせることにも、機械仕掛の人形を歩かせることにも、かつて彼らはことごとく異を唱えてきたのである。彼らの目には、それらがきわめて悪魔的な所行に見えたのであろう。なにも避雷針だけにかぎった話ではなかった。

そうかと思うと、最新の科学的発明品たる避雷針でもって、一発当ててやろうともくろむ腹黒い連中もいたようで、世に彼らを避雷針屋と称した。いいかげんな粗悪品を、一本いくらと値段をつけて、彼らは戸ごとに売り歩いたのである。『モービー・ディック』の作者として知られるハーマン・メルヴィルの短篇に「避雷針屋」というのがあるけれども、これに出てくる避雷針屋なんぞは、まさにずうずうしい押売りである。

サドの手紙にもどろう。

サドは手紙のなかで、どうせ死ぬなら、いちばん苦痛を伴うことの少ない、雷による瞬間的な死が自分には好ましいといっている。雷撃による死には、本能的な嫌悪感を感じることが少ないともいっている。はたしてサドのいう通り、雷による死には苦痛が少ないものかどうか、雷に撃たれたことのない私たちにはなんとも断言いたしかねるが、少なくともサドの頭のなかで、それが徐々に固定観念になっていったらしいということは十分に察せられる。というのは、この落雷事件から四年経って、サドが最初のジュスティーヌ物語『美徳の不運』（一七八七年）を書いたとき、彼は女主人公を雷によって死なせているからだ。

「雷は右の乳房から入り、胸をまっくろに焦がして、彼女の口へ抜け出ていたので、その顔は二目と見られぬほど恐ろしく変容していた。」

これがあわれなジュスティーヌの死にざまである。おもしろいのは、サドが獄を出てから書いた第二のジュスティーヌ物語『美徳の不幸』（一七九一年）では、雷は次のように女主人公の肉体を貫通している。

「雷は右の乳房から入り、彼女の胸と顔とを焼きつくしてから、腹の中央へ抜け出ていた。二目と見られぬ恐ろしいありさまであった。」

さらに一七九七年に、サドは三番目のジュスティーヌ物語『新ジュスティーヌ』および『悪徳の栄え』を刊行するが、この全十巻におよぶ厖大な物語の最後では、女主人公の死にざまは次のように描写されている。

「雷は口から入って、玉門へ抜けていた。」

ジュスティーヌ物語における女主人公の雷撃による死にざまには、かように三つの異本によって、三つのヴァリアントが認められるのである。雷が貫通するのは、最初は彼女の乳房から口、次は乳房から腹、そして最後は口から玉門である。私には、この雷の貫通する場所の変化が、十年間のサドの思想の変化を如実に示しているように思われて、はなはだ興味ぶかく眺められる。上半身から下半身への方向は、そのまま彼のリアリズムの徹底化の方向であったかもしれない。そんな気がしてならないのである。

まあしかし、ここでは文学論に深入りするつもりはないので、この問題はこれ以上は書かない。それよりも私にとって気がかりなのは、サドが女主人公を雷によって死なせたのは、苦しみ抜いた生涯の最後に、彼女にいちばん楽な死に方をさせてやろうと考えたためだったろうか、ということだ。少なくともサドの考えでは、雷による死はいちばん苦痛の伴わぬ好ましい死、つまり安楽死だったはずだからである。サドはジュスティーヌを安楽死させてやったのだろうか。

これは難問である。

いや、自明の理に属する。

＊

私は前に、メルヴィルの短篇に「避雷針屋」というのがあることを述べておいたが、これから語ろうとする物語は、その「避雷針屋」のシチュエーションを借りて、自由に私が展開した物語であると思っていただきたい。じつをいえば、私はこの短篇が非常に気に入っていて、なんとかして自分流に換骨奪胎してみたいものだと以前から考えていたのである。前置きはこのくらいにして、すぐ、ぶっつけに始めよう。

それははげしい嵐の日であった。雷鳴が山から谷へ、谷から山へところげまわり、稲妻が紫色の幅ひろいジグザグをしきりに繰り出し、一定の時間をおいては、雨が束になって屋根を乱打していた。おそらく、私の家が小高い山の上にあるので、平地におけるよりも一層、はげしい嵐の効果が身近に感じられるのであろうと思われた。私は煖炉の前の大理石の床の上に立って、窓の外の吹き降りのすさまじさを、半ばあきれながら眺めていた。そのとき、ほとほとと戸をたたく音が聞えた。この吹き降りを衝いて、物好きにも他人の家を訪問しようというのは、どこのだれだろうかと私は一瞬あやしんだ。それに、ドアにはノッカーが備えつけてあるのに、なぜ素手でドアをたたくのか。

そう思っているうちに、ドアがあいて、見知らぬ男がいきなり目の前に立っていた。妙な金属のステッキを小脇にかかえている。完全に私の知らない男であった。

「こんにちは。お初にお目にかかります。」

私も仕方なく、室内の肘掛椅子を指さして、

「まあどうぞ、おかけになって。こんなお日和に、よくいらっしゃいましたな。」

「お日和ですって。これがお日和なら、ひどいお日和というべきです。」

「あなたはずぶ濡れじゃありませんか。こちらにきて、火にあたったらどうです。」

「いえ、とんでもない。」

男は部屋の中央に突っ立ったまま、いっかな動こうとしなかった。見れば見るほど、

った。
みるみる水溜りができた。小脇にかかえたステッキは、室内でも手から離そうとしなか
く光っている。頭から足の先までずぶ濡れなので、立っている床の上の足のまわりに、
髪の毛が雨で額に貼りついている。青い暈《くま》のある眼窩の底に落ちくぼんだ目が、弱々し
どことなく奇妙なところのある男であった。痩せた陰気くさい顔をしている。みだれた

　それはぴかぴか光った細い銅の棒で、長さは約一メートル二十センチ、末端に木の柄
がついており、柄と棒とのあいだには緑色のガラスの球が二つ嵌まっていた。銅の棒の
先端は、鋭く三叉に分れていて、黄金《きん》のように輝いていた。男は、その木の柄の部分を
しっかり握っていたのである。

　私は軽く会釈してから、こう切り出した。

「お見受けしたところ、あなたはどうやらゼウスの神さまらしいですな。ギリシアの彫
刻を見ても、雷電を支配するゼウスさまは、あなたのステッキによく似た棒を握ってい
らっしゃいますよ。ゼウスさまの御訪問を受けようとは、光栄のいたりです。また今日
という今日は、この山のあたりに嵐を巻き起してくださって、まことにありがたく存じ
ます。ほら、また聞える。すばらしい雷鳴ですな。だんだんはげしくなってくる。こた
えられませんな。それはそうと、おかけになりませんか。オリンポス山の玉座にくらべ
たら、この藁をつめた肘掛椅子、ずいぶんみすぼらしいものではありますがね。まあど
うぞ、御遠慮なく、おかけになってください。」

私がこんな冗談をいっているあいだ、男は恐怖の混った驚きの表情で、穴のあくほど私の顔を見つめていたが、それでも自分の立っている場所から動こうとはしなかった。

「おかけになって、濡れたお召物を火で乾かしたらいかがですか。」

さかんに火が燃えている煖炉の前の肘掛椅子を指さして、私はさらに男を促した。まだ九月の初めで、べつに寒いことはなかったが、私は湿気をのぞくために、午後からずっと煖炉の火を燃やしていたのである。

しかし男は私の言葉にまるで注意していなかったように、相変らず部屋の中央に突っ立ったまま、咎めるようなきびしい顔で、私をじっと見つめていた。やがて重々しく口をひらくと、

「お言葉はありがたいが、煖炉のそばに近づくわけにはまいりません。それより私は、ぜひともあなたに警告しておきたいことがございます。あなたも私のように、煖炉のそばを離れて、部屋のまんなかにおいでなさい。おお（男はぎょっとして飛びあがった）、また雷が鳴った。なんというすごい音だ。さあ、はやく煖炉のそばを離れて……」

「でも、ここはあたたかくて居心地がいいのですよ。」

「あなたの無知には、あきれて物がいえません。こんな雷雨のとき、家のなかでいちばん危険な場所が煖炉のそばだということを、あなたは御存じないのですか。」

「ええ、一向に存じませんでした。」

男があまり真剣な声を出すものだから、私は思わず、部屋の中央へ一歩を踏み出そう

とした。しかし男の表情に、その一瞬、なんとも不愉快な勝ち誇った色が読みとれたので、私はふたたび無言のまま、一歩うしろに下がってしまった。人間にはだれしも、あまのじゃくの精神というものがある。こちらの自尊心を犠牲にしてまで、相手の意のままにはなりたくないのである。私が男の勧告に素直に従わないのを見ると、男は一層やきもきして、警告とも脅迫ともつかぬ調子で叫び出した。

「よろしいですか、あなたは煖炉のそばを離れるべきです。熱い空気と煤とが電気の良導体だということを、御存じないのですか。鉄の薪架については、申すまでもありますまい。あなたは御自分のいのちが大事だと思ったら、私の忠告をきいて煖炉のそばを離れるべきです。私が命令します。」

「お言葉ですがね、ゼウスさん、私は自分の家で、他人の命令にしたがうという習慣をもたんのですよ。」

「ゼウスさんはやめてください。私はこれでも日本人なんですから。」

「これは失礼。ときに、つかぬことをお聞きしますが、あなたはここへなにをしにいらっしゃったのですか。もし雨やどりをしにきたというのなら、どうぞ小降りになるまで、いつまでも居てください。それ以外に目的があるというのなら、それを早くおっしゃってください。あなたはいったい、なにものですか。」

男は声音をやわらげて、

「私は避雷針屋です。そもそも私の商売は……」

こういいかけたとき、またしても、はげしい雷鳴があたりの空気をつんざいた。窓ガラスがびりびり震えるほどの大音響であった。男は首をちぢめて、

「くわばらくわばら。すごい音だ。あなたの家には落ちたことはありませんか。ない？しかし、用意しておくに越したことはありませんな。備えあれば患いなしです。この魔法の棒で、私はあなたの家を金城鉄壁にして差しあげますよ。」

いいながら、男は意味ありげにステッキでこつこつ床をたたいた。

「話の途中でしたよ。あなたの御商売を、まだ私はくわしく聞いておりませんが。」

「私の商売は、避雷針の注文取りです。これは商品の見本です。」

男はステッキを手で軽くたたいて、

「先月なんぞは、私ひとりで二十三個も避雷針の注文を取りました。わが社の避雷針はとりわけ優秀で、取りつけ方もしごく簡単、また安全性にも定評があります。」

「とすると、安全でない場合、つまり危険な場合もあるということですか。」

「それはあります。たとえば屋根の上に避雷針を設置するとき、取りつけの職人が未熟なため、うっかり屋根の金属部分と避雷針とを接触させたままにしておいたりすると、えらいことになります。」

「ほう。えらいこととは、どんなことですか。」

「お分りになりませんか。つまり避雷針から建物のほうへ電流がもろに伝わって、その建物はあえなく燃えてしまいます。げんに、つい先日も鎌倉のさるお寺の本堂が、不完

全な避雷針による落雷のため、一瞬にして焼亡してしまったという不祥事がありました。新聞に出ておりましたから、あなたもたぶん御記憶のことと思いますがね。」

「そういえば、そんなことがあったような気もします。しかし、そのお寺の避雷針というのは、まさかあなたの会社の避雷針ではなかったのでしょうな。」

それには答えず、

「おお（男はまた飛びあがった）、また雷が鳴った。だんだん近づいてくる。今度はごく近いな。また稲妻が光った。動いてはいけませんぞ。」

男は急に、それまで握っていたステッキを手から離したかと思うと、窓のほうへ一歩前進して、外の気配をうかがうように身をかがめるや、右手の人差指と中指とを左の手首にあてた。なにをしているのだろう、と私は思った。しかし男はたちまち振り向いて、

「なんと、たったの三脈拍です。三百メートル以下の至近距離です。どこか、そのあたりの森にでも落ちたのでしょう。私はここへくる途中、引き裂かれて燃えている樫の樹を三本も見ましたよ。樫の樹は、その樹液のなかに溶けた鉄分をふくんでいるので、ほかの樹よりも雷が落ちやすいのです。お宅の床も樫材のようですな。」

「樫の心材です。それはそうと、あなたは嵐の日をわざわざえらんで、避雷針の注文取りをしているのではありませんか。雷が鳴り出すと、あなたはたぶん心のなかで、しめた、おれの商売には絶好のチャンスだぞ、と思うのでしょうね。」

「聞えませんか。また鳴っています。」

「なにもそんなにびくびくすることはありませんよ。あなたは避雷針屋のくせに、なぜそんなにびくびくなさるのですか。ふつうの人間ならば、お天気の日をえらんで商売に出かける。ところが、あなたは嵐の日をえらんで出かける。よほど嵐には慣れておられるはずですがね。」

「たしかに私は嵐の日に商売に出かけます。だからといって、必ずしも雷の恐ろしさを見くびっているわけではありません。ただ、道を歩くのにも、避雷針の専門家だけが知っている特別の予防策を講じているわけでして。」

「なんですか、その特別の予防策というのは。ぜひ聞かせていただきたいものですね。だがその前に、窓の鎧戸を閉めておきましょう。雨がななめに降りこみますからね。鎧戸に閂をかけておきます。」

「気でも狂ったのですか。鉄の閂が良導体であることをお忘れですか。おやめなさい。」

「ちょっと鎧戸を閉めるだけなんですがね。それなら家人に命じて、木の閂を持ってこさせましょう。その呼鈴を押して……」

「頭がおかしくなりましたか。呼鈴にさわったが最後、あなたは吹っとびますぞ。嵐のあいだは、絶対に呼鈴に手をふれてはならんのです。」

「呼鈴も駄目ですか。それじゃいったい、こういう場合には、どこでどうしていれば安全なのですかね。私の家のなかにも、どこか安全な場所があるとお思いですか。」

「それはあります。ただし、あなたの立っている場所ではありませんよ。さっきから申しあげているように、あなたは壁から離れるべきです。雷の電流はしばしば壁に沿って降りてきて、人間の体内に入りこみます。人間は壁よりもはるかに良い導体だからです。さあ、そうなったらお陀仏です。」

「かもしれませんな。それじゃ、あなたの御意見では、この家のなかでいちばん安全な場所はどこなのです。」

「この部屋のなかの、私の立っている場所です。さ、こっちへいらっしゃい。」

「まず、その理由をうかがいましょう。」

「おお、ガラスがびりびり震えている。また光った。私の近くへおいでなさい。」

「その前に理由を。」

「こっちへおいでなさい。」

「御親切はありがたいが、私はやっぱりここにいますよ。それに、どうやら嵐も一段落したようで、さっきとくらべれば、雷もずいぶん遠くなったような感じじゃありませんか。この機を逸せずに、どうか早く説明していただきたいものです。いったい、どうしてあなたの立っていらっしゃる場所が、この家のなかでいちばん安全な場所なのですか。」

　実際、嵐はいくらか静かになったようであった。避雷針屋もほっとした様子で、おもむろに口をひらいた。

「あなたの家は、屋根裏部屋と地下室のある二階屋です。そしてこの部屋は、屋根裏部屋と地下室のちょうど中間にあります。それで比較的安全だといえるのです。なぜかといえば、雷というものは、或る時は空から地へ、また或る時は地から空へと環流するものだからです。お分りですね。それからもう一つ、部屋の中央がいちばん安全だというのは、もし雷が家に落ちるとすれば、煖炉もしくは壁を伝わって落ちるはずだからです。したがって、煖炉もしくは壁を離れれば離れるほど、安全だということになります。さあ、私の説明に満足なさったら、どうぞこちらへおいでなさい。そして、この見本をごらんください。一本たったの一万円です。」

「分ったような分らないような気分ですが、やはり煖炉のそばは居心地がよくて、むざむざ離れるに忍びません。あなたも、ちょっとここへきてみたらどうですか。そして濡れた着物を乾かしたらどうですか。」

「いや、私はここのほうがいいのです。濡れているほうがいいのです。」

「それはまたどうして。」

「雷雨の時の最善の策は、全身ずぶ濡れになっていることです。濡れた着物は、人間の肉体よりもはるかに良い導体なのですから。たとえ雷が落ちても、雷は濡れた着物のほうに伝わって、肉体にはまったく伝わりません。肉体は無疵のままでいられるわけです。」

「へえ、驚きましたな。そこまでは私も知らなかった。すると、あなたが前におっしゃった、嵐の日に外出するとき、講じなければならない特別の予防策というのも、全身ずぶ濡れになることだったわけですか。」

「必ずしもそればかりではありません。簡単に述べれば……」

「いや、簡単に述べなくても結構です。全身ずぶ濡れになるくらい、簡単なことはありませんからな。」

このころから避雷針屋の顔には、露骨に焦躁の色が見えはじめた。いつまで経っても商売の話にはいることができないので、いらいらしはじめたのである。私は私で、避雷針屋がいらいらすればするほど、ますます愉快な気分になってくるのを感じないわけにはいかなかった。

「話は変りますが、避雷針屋さん、私はどうせ死ぬなら、雷に撃たれて死にたいとつねづね思っているのですよ。おそらく、苦痛がいちばん少ないだろうと思うからですがね。ここだけの話ですが、あなたのその美しい銅の避雷針を利用して、うまく死ぬことはできないものでしょうかね。」

男は憤然としていった。

「そんなことはできませんな。そもそも避雷針とは、雷の被害を防ぐためのものでして、故意に被害を生ぜしめるためのものではありませんからな。第一、そんなことをしたら私が法律に問われます。冗談ではありません。」

「でも、さっきの話によりますと、取りつけ方を誤ったら電流が伝わって、たちまち鎌倉のお寺の本堂が焼けてしまったそうじゃありませんか。避雷針という呼び方は正確ではなく、私の考えでは、むしろ導雷針と呼ぶべきではないかと思いますね。だって、それは空中の雷をしりぞけるのではなく、むしろ雷を引き寄せるのですから。避雷針は両刃の剣で、雷の被害を防ぐためにも、また故意に雷の被害を生ぜしめるためにも利用しうるはずです。たとえば、人間の頭の上に避雷針を立てたとしたら、どういうことになりますか。」

「きまってるじゃありませんか。それは雷の被害を未然に防ぎます。ただし、雷の電流を導線で地中にみちびくわけですから、人間は地中に根を張ったように、移動できないことになります。」

「いや、私がいっているのは、導線を人間の肉体に連結した場合のことですよ。たとえば、人間のペニスに導線をむすびつけたとしたら、どういうことになりますか。」

「ペニスであろうとヴァギナであろうと、文句なく一撃で死ぬでしょうな。いつでしたか、髪の毛にクリップをつけて寝ていた女学生が、そのクリップに雷の直撃を受けて即死したという事件がありましたが、このクリップの場合と、原理的には少しも変りませんからな。しかし、どうかお願いですから、まだ死ぬ話は当分あとにしてくださいませんかね。あなたのおかげで、さんざん愚にもつかぬ議論をさせられましたが、考えてみると、商売の話はまだ一向にすすんでおりません。こんなはずではなかったのです。いったい、あなたは私の避雷針を注文してくださる意志がおありなのでしょうか。なければないで……」

「ですから、さっきも申しましたように、死ぬための道具としてなら、あなたの優秀な避雷針を一本、用意しておいてもいいような気持になってきているところなのですよ。むろん、いますぐ死ぬつもりはありませんがね。」

「いますぐでなくても、そういう目的に使われるのだとすると、私としては残念ながら、お売りするわけにはいかなくなります。」

「それでは話がちがうではありませんか。あなたは私の家に、わざわざ吹き降りの雨を衝いて、いったいなにをしにいらしったのですか。こちらが買うといっているのに、あなたのほうで売らないとは、どういうことです。あんまりふざけないでもらいたいね。いいですか、どうしても私の注文を取ってくれないとおっしゃるなら、私はこの家からあなたを一歩も外へ出しませんよ。」

　私が威丈高な態度を見せると、男は暗い顔をいよいよ暗くして、だまりこんでしまった。目のまわりの青い暈《くま》が、曇天の夜の月のまわりの暈《かさ》のように、一段と拡がったようにさえ見えた。その暈のなかで、小さな目が弱気にまたたいていた。どうすべきか心中で迷っているらしかった。私は、そういう男から目を離さなかった。「逃げられるものなら逃げ出してみるがいい。」そう思っていた。

　男がすきを見てドアのほうへ駆け出そうとしたとき、私は先まわりして、すばやく男の前に立ちふさがった。追いつめられた獣のように、男は恐怖から必死の反撃に転じようとした。

右手に握っていた鋭利な銅のステッキを、男は三叉の槍のようにふりあげると、私の心臓めがけて、力まかせにふりおろした。稲妻のように、それが一瞬、きらりと光って私の目の前を通過したのをおぼえている。

　私は胸からおびただしく血を流して倒れたが、なぜか痛みを少しも感じず、雷に撃たれて死んでゆくような錯覚をおぼえつつ、急速に意識を失っていった。

*

　アンドレ・ブルトンは、みずから編集した『黒いユーモア選集』の序文を「避雷針」と題している。ずいぶん妙な題名もあればあるものだと思われるかもしれないが、その題名の由来は、ゲオルク・クリストフ・リヒテンベルクの『箴言集』のなかにある。すなわち、リヒテンベルクは次のように書いているのだ。

「一篇の序文は、避雷針という名で呼ばれても差支えあるまい。」

　これはどういう意味だろうか。私は前から気になっているのだが、その意味を、いまだに自分ではっきり限定することができないでいる。

　リヒテンベルクの『箴言集』の、それより一つ前のアフォリズムは、次のようなものである。

「一冊の書物は鏡のごときものだ。猿がこれをのぞきこめば、そこに映るのは明らかに使徒の顔ではない。」

鏡花の魅力

対談　三島由紀夫×澁澤龍彦

鏡花と女性

三島　今日は、いわゆる鏡花ファンというのは、ちょっといやらしさを感じるんで、いやらしくない鏡花を理解してくれるであろう澁澤さんを引っ張り出したんですよ。

澁澤　鏡花ファンのいやらしさというのは、結局どういうんですかね。

三島　お互いにしか通じない言葉で喋り合う都会人だとか、いやに粋がっている人間だとか。それから鏡花自身が田舎者で、金沢から出て来て東京にかぶれて、江戸っ子よりももっと江戸っ子らしくということを考えた。またその周りに集まる鏡花ファンというのは、つまり通人で「鏡花はいいですね」と言う時に、もうすでに淫している。そういう鏡花支持者というのは好きでないですよ。

澁澤　ムード的な人だから、支持者はどうしてもそういうふうになりがちかもしれませんね。

三島　鏡花ご本人は、僕は知りませんけれども、やっぱりチヤホヤされることが好きだったんでしょう。水上滝太郎なんか鏡花のパトロンですから、陰に陽に鏡花を支持して、そのまわりに、鏡花の前へ出たらば、鏡花世界だけに没入する人間が集まってたんだろうと思うんですよ。鏡花はおそらく外界に触れるということのなかった作家だし、外界に触れようともせず、触れるチャンスもなかったんじゃないかな。

澁澤　よく言われることは、要するに母親への思慕というようなことですが、芸者などの女主人公が必ず凜としているのは、古くてもまた新しいですね。

三島　女の凜々しさとか、女の男っぽさとか、なんかきりっとした感じ、ああいう美しさというのはずっと忘れられていたんだね。凜然として人を寄せつけない、そして惚れた男のためには体も張るけれども、金力、権力には絶対屈しないというイメージですね。

澁澤　それからもう一つは、必ず男が頼れる男の庇護者。頼りきっているわけでもないけれども。しかし、鏡花の男というのは二つのタイプがあって、一方はいやらしい男で、一方は弱々しい男と、必ずなっていますね。

三島　それで弱々しいほうに女は惚れて、女が庇護する。その弱々しいほうに正義があるんですよ。

澁澤　だから、三島さんはこのごろ、フロイドを目の敵になさっているけれども、フロイドの図式が非常にうまく当て嵌まるようなものがあるじゃないですか。

三島　いや、全然当て嵌まりませんね。フロイドのほうが間違っている。フロイドは、つまりそういうものは母的なものというでしょうが、僕は女性的なものと規定してもいいと思う。女というもののフロイドの考えは、性欲を、もう一度近親相姦を通して、父だ母だというものへ結びつけなければならない。つまりセックスと支配権力構造というものをいつも考えるんだ。

澁澤　だけど鏡花の意識では、母ぐらいの線にしかいってなかったんじゃないですかね。

三島　鏡花の意識では、支配権力構造は別にあって、つまり、女の支配なり庇護というのは、この世の支配権力構造と違うんだろう。

澁澤　だからそれを描いちゃったわけですね。

三島　鏡花が特別なんじゃなくて、女ってそういうものかもしれない。

澁澤　アフロディテがそうですね。

三島　そう。女は可愛らしい、か弱いもので、がっしりした男がぐっと庇護して愛するというのは、ハリウッドとその前にはヨーロッパの騎士道なんかのイメージがきっとあるんだろう。アングロサクソン的なものだろうね。

澁澤　母とは違いますね。

三島　それは違うよ。そういうイメージで女というものを思っていて、それが一番ノーマルだと思っているだろう。

澁澤　それはそうですね。

三島　庇護しなくったって、本来こっちは庇護されるはずのものなんだからね。同時に恐怖を与えるでしょう。「高野聖」の女みたいにね。

鏡花の到達した境地

澁澤　僕は「照葉狂言」を最初に読んだんですよ。ものすごくロマンチックで、あれでまいりました。「龍潭譚」というのは、「高野聖」の完全な原型ですね。神隠しにあって、つつじの原っぱをどんどん行くと、変な羽虫が飛んでいて、それに刺されるんです。子供なんですけれども、それが幻覚になって、結局お稲荷さんのあるところへさまよいこんじゃう。ひょっと気がつくと部屋に寝ていて、非常に高貴な女に添い寝してもらってるわけです。

三島　何度もああいう原型からバリエーションを作っていますね。僕は今度、この全集を編纂するんで「縷紅新草」を読み返してみて、本当に心をうたれた。あんな無意味な美しい透明な詩をこの世に残して死んでいった鏡花と、癌の日記を残して死んだ高見順さんと比べると、作家というもののなんたる違い！　もう「縷紅新草」は神仙の作品だと感じてもいいくらいの傑作だと思う。どんなリアリズムも、どんな心理主義も完全に足下に踏みにじっている。言葉だけが浮遊して、その言葉が空中楼閣を作っているんだけれども、その空中楼閣が完全に透明で、すばらしい作品、天使的作品！　作家というものはああいうところへいきたいもんだね。江戸文学なんかのドロドロしたものから出発しているんだけどね。

澁澤　随分気持悪いのもありますからね。
三島　それでいて、妙に新しい。サイケデリックみたいでしょう。変な字の使い方は別として、鏡花を今の青年が読むと、サイケデリックの元祖だと思うに違いない。
澁澤　今の人には、きっとついていかれないでしょう。文体にのれないいんじゃないですか。
三島　僕も子供の時、非常に困りました。祖母が鏡花ファンで、初版本を揃えていましてね、中学二年ぐらいの時、「日本橋」の最初の三ページ読みだしたんですが、人間がどこへ行ったのかさっぱりわからない（笑）。
澁澤　「日本橋」は筋が重層してますからね。今でも、時々わからないのがありますよ。しばらく読んでいくと、アッそうかって……。だからかまわずどんどん読んでいくとしまいにわかりますね。
三島　「日本橋」は一種の大衆小説的なもので、「風流線」でもそうだけど、あれがわかるなんて、ある意味じゃあのころの読者はすごい言葉の教養があったのですね。澁澤さん、鏡花の芝居は嫌いですか。「天守物語」なんか。
澁澤　あれは最高傑作ですね。
三島　一度新派かどこかでやりたいと思っている芝居が一つあるんです。不思議な芝居で、ある奥さんが、亭主が嫌いになって逃げて行くんです。その奥さんは自分の若い時の恋人と会いたいんですよ。そこにだけ自分の生涯の幸福があると思っている。そして田舎へ逃げて行くと、たまたま彼女を追って、その恋人が追っかけてくるんです。そうしたらその話は幸福に終りそうなもんですが、田舎に変な汚ない爺さんがいて……。

澁澤 「山吹」ですね。あれはすばらしい。汚ない爺さんは、人形使いで彼女に鞭で打たれるんですね。

三島 すごい作品でしょう。彼女はその爺さんに愛着をおぼえて、別の世界へ連れていってくれそうな男はこれだと思う。過去の恋人は、ただの地上の恋愛にしか連れていってくれないけれどもね。

澁澤 その人は知的な興味しかなくて、つまり行動へ踏み出せない男ですね。最後にそういう台詞があります。

三島 それで女は爺さんの後について行っちゃうんです。今アングラなんかで、あれだけの芝居できませんよ。あの時代に書いたというのは、たいしたものです。

澁澤 あれなら簡単に上演できるでしょう。

三島 できると思います。鏡花は、あの当時の作家全般から比べると絵空事を書いているようでいて、なにか人間の真相を知っていた人だ、という気がしてしようがない。

澁澤 芝居の中には、そういうものが非常にナマで出ているんじゃないですか。

三島 もう露骨に出ています。澁澤さんが「山吹」を褒めてくれたのは嬉しいな。僕は今まで「山吹」を読んでいる人に会ったことがないんだ。

澁澤 「天守物語」とか、「山吹」とか、「戦国新茶漬」とか、「海神別荘」とか、「紅玉」

とかみんなシュールレアリズムですね。結局、鏡花は理想主義者かなあ、天使主義者かなあ……ニヒリストじゃないでしょう。

三島　ええ。ニヒリストの文学は、地獄へ連れて行くものか、天国へ連れて行くものかわからんが、鏡花はどこかへ連れていきます。日本の近代文学で、われわれを他界へ連れていってくれる文学というのはほかにない。文学ってそれにしか意味はないんじゃないですか。永井荷風はやっぱりどこへも連れていってくれないですよ。

澁澤　じゃ谷崎潤一郎さんは。

三島　谷崎さんも、もうひとつ連れていってくれない。

澁澤　つまり地上しか……地獄へもいかないわけね。

三島　天国へもいかない。川端康成さんはある意味で、「眠れる美女」なんかでどこかへ連れていくね。

澁澤　地獄ですね。

三島　地獄ですかね。鏡花が連れていくのは天国か地獄かわからない。あれは煉獄だろうか。

澁澤　煉獄あるいは天使界か、とにかく地獄でも天国でもない、その中間の澄みきった境地じゃないですかね。

三島　スウェーデンボルグ流に言うと天使界かな。

澁澤　僕が恐いのは「春昼」。自分が出てくる。自分が出てくるというのは、鏡花の恐さの中によくありますよ。「眉かくしの霊」もそうですね。

三島　シモンズですか、文学で一番やさしいことは、猥褻感を起させることと涙を流させることだと言うんですよ。センチメンタリズムとエロですね。一方、佐藤春夫は、文学の真骨頂は怪談で、人を本当に恐がらせられたら、技術的にも文学として最高だと言うんだ。それはいろんな意味があると思いますがね。僕の説で言えば、むしろエロティシズムと怪談というのが文学の真骨頂で、涙を流させるのは、これは誰でもできますよ。

澁澤　鏡花は、どうしてあんなに医者が恐いんですかね。文化的英雄だと思っているのかな。

三島　知識階級に対する鏡花の劣等感というのは、あの時代の人間としてもちろんあったと思うな。だけど鏡花は、権威を恐がってみせて、自分は権威を恐がっているということを、フィクションの世界へ移しちゃうわけですね。だからもう権威はフィクションに移されちゃうんだ。それは悪魔であってもいいし、神であってもいいし、なにか抽象的なものになっちゃうんだよ。

澁澤　「夜行巡査」以来そうですね。

三島　そこが紅葉と違うところですね。紅葉は、金とか世俗というものをリアリストとして、身にこたえていた、あるいは見ていた。鏡花は、たとえあったとしてもそんなものに見向きもしない。

澁澤　そうですね、純粋観念だからな。

三島　純粋観念で、それを理解しようという気も起さない。それが近代文学者の食い足らなかったところで、キャラクターが類型的で世俗の権力や金力を代表する人間がまるで紙芝居ですからね。ただ悪い奴なんです。

澁澤　可哀そうなぐらい悪い奴ですね、肉体的にまで悪くしちゃうんだから（笑）。鏡花は病気だって書いていますね。この当時肺病はものすごく恐かったもんですね。気持悪いのは「酸漿《ほおずき》」という小説。芸者が病院に見舞いに行った帰りの電車の中で、汚ない婆がホオズキをグチャグチャやっていたんで、慌てて降りる。それからそば屋へ入って、天ぷらそばを一口スッと吸ったら、ホオズキがその中に入ってたという幻覚を見て、呑んじゃったつもりになって、家へ帰って来てからガーッと吐くんです。それ喀血なんです。それで喀血するたんびに、ああホオズキが出た、ああいい気持と言いながら……。

三島　ああ恐い（笑）。

芸術家の不思議について

三島　鏡花で面白いと思うのは、デフォームすることね。人間を変えちゃう。トランスフィギュレーション……。

澁澤　メタモルフォース（変性）ですか。

三島　「高野聖」のなんかのをどう思いますか。

澁澤　アニミズムとかよく言われるけれども……動物に変わっちゃうのは、どうなんだろうな。
三島　一種の願望だろう。主役のお坊さんは変わらせられないで、助かっちゃうんだけれども、鏡花自身は、あの美女に駆使される馬だとか、こうもりだとかにいろいろ変わっているんだな。
澁澤　ジャン・ジュネなんかもそうだな。変身する文学と変身しない文学というのがあるかもしれないな。三島さんはしないですよ。
三島　僕は絶対に形じゃないと嫌なんだ。筋肉だって形だろう。なんでもちゃんと形がなければ嫌なんだ。
澁澤　しかし変身だって、必ずしも形がないというアンフォルメルとは、ちょっと違うんじゃないですか。
三島　鏡花はスタイルとしては、アンフォルメルの作家じゃないと言える。非常にビジュアルで、一つ一つの形態がはっきり出てくるんですけれども、その形態が変化するという感じはある。
澁澤　やはり天使界や地獄のちょっと手前まで連れていくというのは変わる世界ですね、だから天使だって変わるんじゃないですか。
三島　スウェーデンボルグの天使は、両方の性をもっている、バイセックスなんですな。いろんなものを包含しているんですね。

澁澤　その範囲で変わるんですよ。神、悪魔までいかないで、天使から動物までの範囲で。

三島　鏡花は、煉獄界で、いろんな形で変わっていく。ですから、たとえばお化けと人間との交渉も、「天守物語」の中で一番人間的なのは、お化けになっちゃうでしょう。ああいうアイロニーで転換しちゃう。ラストでは、純粋な愛というものを表現するのは、お化けの女と人間の侍、それを保障するのが芸術家の木彫師ですね。それで芸術家というのは、鏡花の場合、変なヒューマニズムがありますから、人間的な情熱とか、誠実とか、恋、美、純粋なものを保持する側に立つんですよ。しかしその正義が必ずしも人間の形をしてなくともいいんだね。

澁澤　人間の形してない正義なんてありますか。

三島　それは鏡花の実に不思議なところだよ。鏡花の人間主義というのは実にアイロニカルで、最終的にはお化けにしか人間主義がないことになっちゃうんだ。

澁澤　だから人間主義じゃないんですね。

三島　人間主義じゃないんだけれども、鏡花は人間主義に毒されているところがちょっとあるんだ。鏡花の欠点をあげつらえば、最終理念というか、どん詰まりで信じたものは、人間主義みたいなものに毒されていた。もうひとつ通り越していたら、もっと凄くなったろうと思うな。

澁澤　本当のお化けになっていただろうな。

三島　お化けが一番人間的というところで、相対性の世界に生きていた。だから転換すれば同じになっちゃう。

澁澤　純粋観念だとはいいながら、ポーなんかの世界とは全く違うでしょう。

三島　ポーはやっぱりネクロフィリー（屍姦症）の世界で、生きている人間を好きでないね。

澁澤　冷たいですね。鏡花はホフマンに近いですか。ホフマンもああいうようなスタイルですね。

三島　ホフマンに近いでしょうね。ロマンティケルというのは、どこか快活ですね。僕はあれが好きなんです。鏡花は快活な作家で、死ぬまで快活だったと思いますね。スプリーンというもの、世紀末的な憂鬱というものは鏡花にはありそうでない。

澁澤　僕はたとえばノヴァーリスなんかもそういう点で好きですね。

三島　ブレンターノも、アイヒェンドルフなんかも快活ですね。それがロマンティケルの一つの要素だな。

澁澤　病気になっていても快活なんですね。肺病で快活だなんていいですね。

三島　鏡花はそれをもっている。川端さんにはない。川端さんはスプリーンですよ。人間主義の信念とか快活さという点から言うと、鏡花はデカダンの作家じゃないんだよ。

澁澤　僕もそれは本当に感じるな。

三島　デカダンの作家じゃないものが、どうしてこんなにお化けだの、病気だの、死だのに一生興味をもって過して、そして自分が読者ぐるみあんな天使的世界へ飛んでいったんだろう。本当に芸術家の不思議というか、奇蹟みたいなものを感じる。デカダンなら、あるいはニヒリストなら話はわかるんだよ、脱却できるんだから。デカダンぶりもしない。

澁澤　ある時期にはかなり血みどろですからね。「日本橋」だってずいぶん毒々しいでしょう。

三島　草双紙趣味みたいなものがありますね。鏡花は、土くさいもの、野蛮なもののバイタリティというものは全部嫌った人ですね。そういうものに美しさを全然感じなかった。

澁澤　アニミズムといっても、室生犀星とも違いますね。

三島　違いますね。一つは、田舎から出て来て洗練されたいという気が強かったからそうなったんだろうね。都会人だったら、逆なものに面白みを感じたかもしれない。

澁澤　体質的なものなんだろうな。

三島　それと教養の背景がほとんどない。草双紙とか馬琴の「美少年録」とかいう教養から出ている。いわゆる普通の意味の基本的文学的教養は、初めにはなかったからアカデミズムに対する劣等感がずっとあったんだ。

澁澤　ずっと後になって柳田國男を読んで、非常に面白がったそうですね。

三島　そういうところはジュネにちょっと似てるね。

澁澤　「黒百合」というのが、また凄いですね。

三島　これを僕は、ノヴァーリスの「青い花」と比べたんですよ。

澁澤　なるほど。だからさっきのメタモルフォースの話とも関連するんだけれども、そういう点は一種の自然崇拝者ですね。とにかく植物や動物に変わったり、桃源郷みたいなところの、花が咲いたり、木が茂ったり、沼があったりするというのは、ノヴァーリスですよ。

三島　日本じゃドイツみたいな森がないのに、鏡花になると深山幽谷がしょっちゅう現われる。

澁澤　魑魅魍魎の世界ね。

三島　「黒百合」の夢の場面で、崖を登っていって、黒百合を採るところね、鷲が出てくるところなんかロマンチック文学としての典型的なものです。

澁澤　ああいうものを日本人が創造したというのは凄いな。外国には類型があるわけでしょう。

三島　類型は十分ある。ですから鏡花を読んでいくと、伝統文学ってなんだろうかと思う。鏡花の中に、連歌的な発想、非常にわがままでダイナミックな文体などいろいろあるんです。お能がある、浄瑠璃もある。それが日本の近代文学では、他に全く継承されなかった。鏡花だけにそれがずっと流れ込んでいる。

澁澤　三島さんは前からそれをしきりにおっしゃってた。

三島　文体一つでもそうですよ。つまり志賀直哉の文体がいいと言われ、一部の田舎者の文学青年が、やたらに尊敬しちゃった。それは悪い文体じゃない。だけど日本的なものがどんなに削られてしまったか。日本が、いかに誤解されるかということだね。しかし、明治から以後は、鏡花もそうだけれど、田舎者が文学の中心を占めて、田舎者の文学を押しつけてきた。田舎者が官僚になれば明治官僚になり、文学者になると自然主義文学者になり、その続きが今度はフランス文学なんかやっているんですよ。あなたじゃありませんよ（笑）。

澁澤　僕じゃない。もっと偉い人ですよ（笑）。

編者解説

東　雅夫

近年、若い人たちの間で、いわゆる「文豪」への関心が高まっているのは、大いに歓迎すべき傾向だと思う。

金沢市の泉鏡花記念館を訪れた若い女子が、鏡花が男性であることを知ってショックを受けていた……という、にわかには信じがたいような話を、当の記念館学芸員さんから伺ったのは、もうずいぶん以前の話である。

原因は明白――二〇一三年から連載の始まった〈文豪ストレイドッグス〉シリーズ（朝霧カフカ原作／春河35漫画）に登場する「鏡花ちゃん」こと泉鏡花が、可憐な和装の美少女（にして元は凄腕の暗殺者）キャラとして人気を博しているからだ。

中島敦、太宰治、芥川龍之介、泉鏡花、江戸川乱歩、夢野久作、さらにはポオやラヴクラフト、ドストエフスキーやゴーゴリに至るまで……実在する古今東西の文豪たちの名前と個性（の一部）を借りて、横浜ならぬヨコハマを舞台に、奇想天外な超能力（作中では「異能力」と表現）バトルを繰りひろげる同シリーズ（通称「文スト」）が、近年の文豪啓蒙に果たしてきた役割には多大なものがあるといえよう。

ちくま文庫版〈文豪怪談傑作選〉（二〇〇六～一一）や平凡社ライブラリー版〈文豪怪異小品集〉（二〇一一～継続中）をはじめとする一連のアンソロジーで、怪奇幻想文学サイドからの文豪啓蒙を進めてきた私にとっては、思わぬ方向から追い風が吹いてきたなと感じ入った次第。そこで汐文社版〈文豪ノ怪談ジュニア・セレクション〉（二〇一六～継続中）では『獣』の巻を、ひそかに文スト縛りの作家陣で固めて、ささやかなエールをおくったりしていたのだが、このたびは映画「文豪ストレイドッグス DEAD APPLE（デッドアップル）」公開にちなんだ新刊として、本書の編纂を任される奇縁を得た。

巻頭の序言にも記したとおり、編纂のコンセプトは「澁澤龍彦×文豪」とした。

澁澤の専門はフランス文学だが、古今東西の文学全般にも造詣が深く、和漢洋にわたる博識を縦横に、ときに我儘に、そして何より愉しげに駆使したエッセイや物語作品を得意としていた。その中には内外の文豪たちを俎上にのぼせて、独自の着眼によって、かれらの魅力や特質や意外な一面を浮き彫りにする体《てい》の名品も数多い。

そこで本書においては、さらなる縛りを設けて、〈文豪ストレイドッグス〉に登場する作家たちに関わる作品を優先的に採録することにした。最初期から晩年におよぶ澁澤文学世界、すなわち「ドラコニア」の全容を、文スト縛りを導きの糸にして、ミニマムに、分かりやすく展望しようという趣向である。

以下、収録作各篇について、知るところ若干を記してゆく。

三つの髑髏（「文藝」一九七九年六月号／『唐草物語』所収）

著者が晩年に手がけた絢爛たる物語風創作の端緒となった短篇小説集『唐草物語』（一九八一）の一篇である。平安朝最大の陰陽師・安倍晴明の名は、夢枕獏の〈陰陽師〉シリーズ（一九八八〜継続中）などに先導された陰陽道ブームによって一般にも浸透したが、本篇はそれらに先駆けて、この謎多き「異能力」の遣い手に、いち早く着目した傑作である。あまつさえ、晴明と彼が操る式神を「秘密警察の長官」と「忍者のごとき行動隊員」になぞらえているあたり、〈文スト〉の設定にも一脈通じるかのようではないか。なお、『唐草物語』は第九回泉鏡花文学賞（一九八一年度）を受賞したが、授賞式でのスピーチで「ノーベル賞なら断るが、鏡花賞は喜んでいただいた」（「石川読売」記事）と述べたことは語り草となっている。「最近、鏡花が若い人に読まれるのを見て、今昔の感を覚える」（「北國新聞」記事）という発言も。

髑髏（「サンケイ新聞」一九七七年三月十四日号／『記憶の遠近法』所収）

「玩物抄」の総題で十八回にわたり連載されたコラムの一篇。北鎌倉の緑濃い山懐に抱かれた澁澤邸の驚異博物館さながらな応接間のキャビネットには、作中で語られる髑髏が現在も鎮座して訪問客を迎えている。みずから髑髏を手にした印象的な近影も何点か残されており、その一葉は、没後三十年を記念して編まれたアンソロジー『澁澤龍彦玉《エ》手匣《クラン》』（二〇一七）のカバー（川名潤装丁）にも用いられている。

夢のコレクション（「新潮」一九八四年十一月号／『都心ノ病院ニテ幻覚ヲ見タルコト』所収）

著者が下咽頭癌により病没（一九八七年八月五日）した後に「最後のエッセー集」と銘打たれて編纂刊行された『都心ノ病院ニテ幻覚ヲ見タルコト』（一九九〇）の一篇。ここで言及されているコレクションの作業は、八四年から翌年にかけて河出書房新社から全三巻で刊行された〈澁澤龍彥コレクション〉（『夢のかたち』『オブジェを求めて』『天使から怪物まで』）に結実をみた。これはアンソロジストとしても卓越した手腕を示した澁澤が最後に手がけたアンソロジー・シリーズであり、ドラコニアを象徴するかのような偏愛の対象たる三大テーマをめぐり、精選された断章がふんだんに収められている。刻々と忍び寄る死の予兆を感じさせる結びのくだりが切ない。

豪華な白（「ミセス」一九六九年三月号／『夢のある部屋』所収）

林檎（「太陽」一九八五年十月号／『フローラ逍遙』所収）

この解説を書いている時点で、編者は映画「文豪ストレイドッグス　DEAD APPLE」の内容については、公式サイトに示されている以上の情報を有してはいない。そのため基本設定と予告篇の動画を眺めていて印象的だった、通称の「コレクター」、コスチュームの「白」、タイトルにも含まれる「林檎」およびその上に載せられた死の象徴《シンボル》「髑髏」にまつわる澁澤自身の作品を、ここまで、それぞれピックアップしてみた次第。「豪華な白」は、女性誌「ミセス」に「環境のイメージ」という総題（ただし趣味に合わないので単行本収録に際して「夢のある部屋」に改めたそうな）で連載されたコラムの一篇で、次の「林檎」や前出の「髑髏」のような晩年のコラムの先駆となる、寛いだ書きぶりの佳品である。その「林檎」は「弄筆百花苑」の総題で、平凡社の看板雑誌「太陽」に、美麗な植物図譜から採られた装画とともに連載された一篇だ。

部屋や花木といった身近なテーマを扱いながら、著者の筆は卑近な身辺雑記に流れることなく、過去の読書や旅の記憶の彼方を、悠然と愉しげに逍遥してやまない。

秘密結社の輪郭（「ＥＱＭＭ」一九六五年一月号／『秘密結社の手帖』所収）

犯罪的結社その他（「ＥＱＭＭ」一九六五年十一月号／『秘密結社の手帖』所収）

サドに関する研究や翻訳と並んで、初期の澁澤龍彥の代名詞となったのが、『黒魔術の手帖』（一九六一）『毒薬の手帖』（六三）『秘密結社の手帖』（六六）と続く、いわゆる〈手帖〉三部作である。西欧異端文化紹介の先覚者としての著者のイメージは、この連作によって決定づけられたといってよい。そして著者が執筆に際して使用した典拠の多くが、すでに邦訳紹介された現在でも、この三部作が基本図書としての存在価値を失っていないのは、その語り口の魅力と透徹した視点の賜物だろう。本書には『秘密結社の手帖』の中から、〈文豪ストレイドッグス〉の基調を成す世界観に直結するかのような、ふたつの章を採録してみた。

横浜で見つけた鏡（「ミセス」一九六七年十二月号／『澁澤龍彥全集7』所収）

本書の編纂を打診されたとき、真っ先に私が想起したのが、実は本篇だった。著者の生前には一度も単行本に収められることなく、河出書房新社版全集第七巻の「補遺」で初めて陽の目を見たエッセイだが、さながらこれは〈文豪ストレイドッグス〉に寄せて澁澤が、みずからとヨコハマとの怪しき関わりを縷々《るる》記した文章のようではあるまいか。なお、作中に登場する凸面鏡は、いまも澁澤邸の応接間に掲げられている。（＊）

ランプの廻転（「文藝」一九七五年十月号／『思考の紋章学』所収）

さて、ここからは澁澤龍彥による東西文豪論集とでも呼ぶべき、本書のメイン・パートとなる。その冒頭を飾るのは、『夢の宇宙誌』（一九六四）や『高丘親王航海記』（八七）と並んで、著者の主著に数える向きも少なくない評論集『思考の紋章学』（一九七七）の白眉というべき本篇である。河出版全集の解題で種村季弘は、本書を「エッセイスト澁澤龍彥から小説家澁澤龍彥に転身する、同時にまたヨーロッパから日本または東洋に（も）目を転じる、二重の『転機』をはらんだ記念碑的作品」「乾坤一擲の野心作」と評しているが、至言であろう。柳田國男『遠野物語』から三島由紀夫『小説とは何か』まで、平田篤胤『稲生物怪録』から泉鏡花『草迷宮』まで……日本幻想文学の幽暗な核心部分で、くるくると廻り続ける迷宮のイメージを犀利に抽出し、それをギリシア神話やカフカへと鮮やかに接合する手さばきに、著者の真骨頂が躍如としている。

地震と病気（一九六九年四月刊『現代日本文学大系』第三十巻月報／『偏愛的作家論』所収）

『亂菊物語』と室津のこと（一九八二年六月刊『谷崎潤一郎全集』第十四巻月報／『マルジナリア』所収）

鏡花と谷崎の恐怖症を対比的に取りあげつつ「谷崎くらい文豪の名をほしいままにしていて、しかも終生、形而上学にもポエジーにも無縁だった作家は珍らしい」と、あっけらかんと言い放つ「地震と病気」、『唐草物語』の作者が『亂菊物語』ゆかりの地を探訪し、最愛の中世動乱期に想いを馳せる「『亂菊物語』と室津のこと」——限られた紙幅の裡に、無辺際な思考のスペクタクルが繰りひろげられていることに驚かされる。

江戸川乱歩『パノラマ島奇談』解説（一九七四年刊同名書解説／増補版『偏愛的作家論』所収）

著者と角川文庫との関わりといえば、最初の文庫化作品となった一連のサドの翻訳が真っ先に思い浮かぶが、文庫解説としては本篇が代表的なものだろう。「ユートピア願望」を導きの糸として、乱歩とポオと谷崎という〈文豪ストレイドッグス〉でもおなじみの文豪トリオが、練達の手品のごとく、ひと連なりに結び合わされてゆく。

『夢野久作全集』第一巻（「朝日ジャーナル」一九六九年八月三日号／『偏愛的作家論』所収）

小栗虫太郎『黒死館殺人事件』解説（一九六九年十二月刊同名書解説／『偏愛的作家論』所収）

一九六〇年代末に始まった、いわゆる「異端文学リバイバル」――戦前の「新青年」、戦後の「宝石」といった探偵小説雑誌を舞台に活躍した怪奇幻想作家たちや、国枝史郎をはじめとする伝奇小説家たちの埋もれた作品群が怒濤の勢いで復刊されるに際して、三島由紀夫や中井英夫、あるいは盟友たる種村季弘や松山俊太郎らと共に、澁澤が果たした貢献には計り知れないものがある。その代表的作例であり（編者を含む）後進に甚大な影響をもたらした記念碑的名解説として、これら両篇を採録した。

『銀河鉄道の夜』（「図書」一九六二年十一月号／『ホモ・エロティクス』所収）

岩波書店発行の月刊誌「図書」の特集「百冊の本（十一）――岩波文庫より」に執筆されたもの。一九六〇年四月に始まるサド裁判（澁澤訳『悪徳の栄え（続）』が猥褻文書として発禁処分を受けた事件の法廷闘争）によって、皮肉にも著者の知名度は上がり新聞雑誌への寄稿も増加する。その渦中で書かれた一篇だが、賢治童話のイデオロギーや理想主義は一顧だにせず、そこに横溢する「鉱物的なイメージ」や「オノマトペ」を断乎称揚する姿勢には、当時にもまして共感を覚える向きが多いに違いない。

石川淳と坂口安吾（「國文學」一九七五年五月号／増補版『偏愛的作家論』所収）

澁澤が敬愛してやまない戦後文学の大家のひとりに石川淳がいる。みずから編纂・解説にあたった彌生書房版『現代の随想16　石川淳集』は、その精華というべく、凡百の文章読本に優る文藝指南の書として、久しく私の珍重するところだ。文豪論集を謳う本書にその名がないのは不本意ゆえ、ここは一計を案じて、〈文豪ストレイドッグス〉にも登場する坂口安吾とワンセットの本篇を採ることにした。やはり澁澤偏愛の文人・花田清輝も加わっての三つ巴の文豪談義は、まことにスリリングで興趣尽きない。

三島由紀夫とデカダンス（「国文学解釈と鑑賞」一九七六年二月号／増補版『偏愛的作家論』所収）

同時代の文壇の大物として、デビュー当時から澁澤の文業に強い関心を示し、折にふれ推奨推挽の労を厭わなかったのが、三島由紀夫である。とりわけ『快楽主義の哲学』（一九六五）に寄せた推薦文「著者・澁澤龍彦氏のこと」は、達意の人物評にして、往時の澁澤観を端的に要約した名文なので、次にその一部を引いておこう。

「サド裁判で勇名をはせた澁澤氏というと、どんな怪物かと思うだろうが、これが見た目には優型の小柄の白皙の青年で、どこかに美少年の面影をとどめる楚々たる風情。しかし、見かけにだまされてはいけない。胆、かめのごとく、（中略）酒量は無尽蔵、酔えば、支那服の裾をからげて踊り、お座敷小唄からイッツァ・ロングウェイまで、昭和維新の歌から革命歌まで、日本語、英語、フランス語、ドイツ語、どんな歌詞でもみな諳《そら》で覚えているという怖るべき頭脳。珍書奇書に埋もれた書斎で、殺人を論じ、頽廃美術を論じ、その博識には手がつけられないが、友情に厚いことでも、愛妻家であることでも有名。この人がいなかったら、日本はどんなに淋しい国になるだろう」

この大恩ある文豪の人と作品について、澁澤は『三島由紀夫おぼえがき』（一九八三）一巻にまとまるほど多くの文章を遺しているが、前出の「ランプの廻転」における炭取のくだりといい、本篇における「デカダンスという言葉が六回も」の指摘といい、その筆鋒はなかなかに辛辣で容赦なく、同時に、深い共感と哀惜の念に満ちている。

『変身のロマン』編集後記（一九七二年九月刊同名書／『澁澤龍彥全集11』所収）

潜在意識の虎（一九八〇年二月刊『動物の謝肉祭』序文／『城と牢獄』所収）

すでに幾度となく書いたり語っていることなので気がひけるが、編者がアンソロジストを志したのは、中学生時代に相次ぎ接した澁澤編のアンソロジー――『暗黒のメルヘン』（一九七一）『幻妖』（七二）『変身のロマン』（七二）の絶大な感化に拠る。絶妙なセレクションのみならず、編者解説がまた大傑作だった。ここにはその中から、〈文豪ストレイドッグス〉の立役者である両作家――「山月記」の中島敦と「魚服記」の太宰治が仲良く肩を並べる『変身のロマン』編集後記、同じく「山月記」を想わせる「潜在意識の虎」の両篇を収めた。後者は幻想文学批評の先達のひとり堀切直人の編纂による名アンソロジーである。

ちなみに虎といえば、著者の白鳥の歌となった長篇ロマン『高丘親王航海記』の大団円で、主人公の高丘親王は、みずから虎に喰われることで天竺を目指すことも、ここで忘れずに付言しておきたい。

毒草園から近代化学へ（「宝石」一九六二年八月号／『毒薬の手帖』所収）

ここからは海外の文豪をめぐる作品のパートである。まずは先述の〈手帖〉三部作から『毒薬の手帖』の一章を。毒草園の文学として紹介される短篇「ラパチーニの娘」は、米国ゴシック文学の一源流たる文豪ホーソンの名作である。

デカダンス再生の〝毒〟（「東京大学学生新聞」一九五六年十一月十九日号／『澁澤龍彥全集1』所収）

毒つながり……というわけでもないが、ここで〈文豪ストレイドッグス〉の「魔人フョードル」ことロシアの文豪ドストエフスキーへの言及を含む、最初期の初々しい論考を紹介しておこう。ちなみに副題の「サドの現代性」は、一九五二年に著者が東大仏文科に提出した卒業論文の表題でもある。

優雅な屍体について（「新婦人」一九六四年七月号／『エロスの解剖』所収）

「エロスの解剖学」の総題で池坊の機関誌「新婦人」に連載された一篇。ネクロフィリアをめぐって、上田秋成やボオドレエルを経てポオの一連の作品へと逢着する展開は、後年のドラコニアン・エッセイの萌芽を早くも感じさせよう。

恐怖の詩（一九七二年五月刊『暗黒の秘儀』帯文／『洞窟の偶像』所収）

〈文豪ストレイドッグス〉に、かのラヴクラフト先生が登場して、何とも好い味（邪神風味!?）を醸し出していることには、『クトゥルー神話事典』の著者たる私は思わず快哉を叫んだが、意外にも澁澤もまた、ラヴクラフトに言及した一文を遺している。日本最初のラヴクラフト作品集として一九七二年に創土社から上梓された『暗黒の秘儀』（仁賀克雄編訳）の帯に掲げられた推薦文である。

メルヴィル頌（「文藝」一九八〇年四月号／『魔法のランプ』所収）

避雷針屋（「文藝」一九八〇年一月号／『唐草物語』所収）

『唐草物語』所収の「三つの髑髏」で幕を開けた本書の締めくくりには、ふたたび『唐草物語』の中から、「避雷針屋」と題する謎めいた一篇を据えることにした。作中で言及されているメルヴィル版の「避雷針屋」は、「避雷針売りの男」の邦題で『澁澤龍彦文学館7　諧謔の箱』にも収録されている。なお、偏愛する海外作家のひとりメルヴィルについては、採録した「メルヴィル頌」のほかに、「神の沈黙」（一九八一）と題された国書刊行会版『メルヴィル全集』の推薦文もある。

鏡花の魅力（一九六九年一月刊『日本の文学34』付録／『三島由紀夫おぼえがき』所収）

巻末附録として、澁澤にとって最も関わり深い文豪であった三島由紀夫との対談を収録する。テーマは、これまた文豪中の文豪たる泉鏡花。戦後における鏡花復権の狼煙《のろし》となった歴史的意義のある対談であり、「鏡花はどこかへ連れていきます。日本の近代文学で、われわれを他界へ連れていってくれる文学というのはほかにない」「エロティシズムと怪談というのが文学の真骨頂」等々、いまも色褪せぬ金言の宝庫である。

なお、本書によってドラコニア＝澁澤龍彥の世界にさらなる興味を掻きたてられた皆さんには、作家みずからの言葉で綴られた生涯と作品のエッセンスというべきアンソロジー『澁澤龍彥玉手匣《エクランン》』の繙読《はんどく》をお勧めしておきたい。雑誌「幻想文学」創刊このかた大恩ある澁澤さんの没後三十年という節目に、これら二冊のアンソロジーを編纂する巡り合わせとなったことに深く感謝しつつ——。

二〇一八年一月

＊「横浜で見つけた鏡」で言及されている凸面鏡。
（2006年11月、澁澤邸にて編者が撮影）

本書は、河出書房新社『澁澤龍彥全集』を底本としました。

各作品の初出と初収録単行本は編者解説に記された通りです。

本文中には、精神分裂症、片輪、不具、合の子など、今日の人権擁護の見地に照らして、不当、不適切と思われる語句や表現がありますが、作品発表時の時代的背景を考え合わせ、また著者が故人であるという事情に鑑み、底本のままとしました。

編集部

ドラコニアの夢《ゆめ》

澁《しぶ》澤《さわ》龍《たつ》彦《ひこ》　東《ひがし》 雅《まさ》夫《お》＝編

平成30年 2月25日　初版発行

発行者●郡司 聡

発行●株式会社KADOKAWA
〒102-8177　東京都千代田区富士見2-13-3
電話 0570-002-301（ナビダイヤル）

角川文庫 20785

印刷所●旭印刷株式会社　製本所●本間製本株式会社

表紙画●和田三造

ISBN978-4-04-106606-5　C0193

JASRAC 出 1801237-801

角川文庫発刊に際して

角川源義

第二次世界大戦の敗北は、軍事力の敗北であった以上に、私たちの若い文化力の敗退であった。私たちの文化が戦争に対して如何に無力であり、単なるあだ花に過ぎなかったかを、私たちは身を以て体験し痛感した。西洋近代文化の摂取にとって、明治以後八十年の歳月は決して短かすぎたとは言えない。にもかかわらず、近代文化の伝統を確立し、自由な批判と柔軟な良識に富む文化層として自らを形成することに私たちは失敗して来た。そしてこれは、各層への文化の普及滲透を任務とする出版人の責任でもあった。

一九四五年以来、私たちは再び振出しに戻り、第一歩から踏み出すことを余儀なくされた。これは大きな不幸ではあるが、反面、これまでの混沌・未熟・歪曲の中にあった我が国の文化に秩序と確たる基礎を齎らすためには絶好の機会でもある。角川書店は、このような祖国の文化的危機にあたり、微力をも顧みず再建の礎石たるべき抱負と決意とをもって出発したが、ここに創立以来の念願を果すべく角川文庫を発刊する。これまで刊行されたあらゆる全集叢書文庫類の長所と短所とを検討し、古今東西の不朽の典籍を、良心的編集のもとに、廉価に、そして書架にふさわしい美本として、多くのひとびとに提供しようとする。しかし私たちは徒らに百科全書的な知識のジレッタントを作ることを目的とせず、あくまで祖国の文化に秩序と再建への道を示し、この文庫を角川書店の栄ある事業として、今後永久に継続発展せしめ、学芸と教養との殿堂として大成せんことを期したい。多くの読書子の愛情ある忠言と支持とによって、この希望と抱負とを完遂せしめられんことを願う。

一九四九年五月三日

角川文庫ベストセラー

羅生門・鼻・芋粥　芥川龍之介

荒廃した平安京の羅生門で、死人の髪の毛を抜く老婆の姿に、下人は自分の生き延びる道を見つける。表題作「羅生門」をはじめ、初期の作品を中心に計18編。芥川文学の原点を示す、繊細で濃密な短編集。

高野聖　泉　鏡花

飛騨から信州へと向かう僧が、危険な旧道を経てようやくたどり着いた山中の一軒家。家の婦人に一夜の宿を請うが、彼女には恐ろしい秘密が。耽美な魅力に溢れる表題作など5編を収録。文字が読みやすい改版。

D坂の殺人事件　江戸川乱歩

名探偵・明智小五郎が初登場した記念すべき表題作を始め、推理・探偵小説から選りすぐって収録。自らも数々の推理小説を書き、多くの推理作家の才をも発掘してきた大乱歩の傑作の数々をご堪能あれ。

天衣無縫　織田作之助

太宰治、坂口安吾らとともに無頼派として活躍し、大阪という土地の空気とそこに生きる人々の姿を巧みに描き出した短編の名手による表題作を始め、「夫婦善哉」「俗臭」「世相」など代表的短編を集めた作品集。

武蔵野　国木田独歩

人間の生活と自然の調和の美を詩情溢れる文体で描き出し、日本の自然主義の先駆けと称された表題作をはじめ、初期の名作を収録した独歩の第一短編集。（解説：中島京子）

角川文庫ベストセラー

堕落論　坂口安吾

「堕ちること以外の中に、人間を救ぅ便利な近道はない」。第二次大戦直後の混迷した社会に、かつての倫理を否定し、新たな考え方を示した『堕落論』。安吾を時代の寵児に押し上げ、時を超えて語り継がれる名作。

斜陽　太宰治

没落貴族のかず子は、華麗に滅ぶべく道ならぬ恋に溺れていく。最後の貴婦人である母と、麻薬に溺れ破滅する弟・直治、無頼な生活を送る小説家・上原。戦後の混乱の中を生きる4人の滅びの美を描く。

人間失格　太宰治

無頼の生活に明け暮れた太宰自身の苦悩を描く内的自叙伝であり、太宰文学の代表作である「人間失格」と、家族の幸福を願いながら、自らの手で崩壊させる苦悩を描き、命日の由来にもなった「桜桃」を収録。

痴人の愛　谷崎潤一郎

日本人離れした家出娘ナオミに惚れ込んだ譲治。自分の手で一流の女にすべく同居させ、妻にするが、ナオミは男たちを誘惑し、堕落してゆく。ナオミの魔性から逃れられない譲治の、狂おしい愛の記録。

李陵・山月記・弟子・名人伝　中島敦

五千の少兵を率い、十万の匈奴と戦った李陵。捕虜となった彼を司馬遷は一人弁護するが。讒言による悲運を描いた「李陵」、人食い虎に変身する苦悩を描く「山月記」など、中国古典を題材にとった代表作六編。

角川文庫ベストセラー

汚れつちまつた悲しみに……
中原中也詩集

中原中也
編／佐々木幹郎

16歳で詩人として出発し、30歳で夭折した中原中也。昭和初期、疾風怒濤の時代を駆け抜けた稀有な詩人の代表作品を、生きる、恋する、悲しむという3つの視点で分類。いま改めて読み直したい、中也の魂の軌跡。

銀河鉄道の夜

宮沢賢治

漁に出たまま不在がちの父と病がちな母を持つジョバンニは、暮らしを支えるため、学校が終わると働きに出ていた。そんな彼にカムパネルラだけが優しかった。ある夜二人は、銀河鉄道に乗り幻想の旅に出た――。

不道徳教育講座

三島由紀夫

大いにウソをつくべし、弱い者をいじめるべし、痴漢を歓迎すべし等々、世の良識家たちの度肝を抜く不道徳のススメ。西鶴の『本朝二十不孝』に倣い、逆説的レトリックで展開するエッセイ集、現代倫理のパロディ。

ドグラ・マグラ (上)(下)

夢野久作

昭和十年一月、書き下ろし自費出版。狂人の書いた推理小説という異常な状況設定の中に著者の思想、知識を集大成し、〝日本一幻魔怪奇の本格探偵小説〟とうたわれた、歴史的一大奇書。

みだれ髪

与謝野晶子
今野寿美＝訳注

燃えるような激情を詠んだ与謝野晶子の第一歌集。恋する女性の美しさを表現し、若い詩人や歌人たちに影響を与えた作品の数々を、現代語訳とともに味わう。同時代作品を集めた「みだれ髪　拾遺」を所収。

角川文庫ベストセラー

白鯨（上）（下）

メルヴィル
富田　彬＝訳

イシュメールは捕鯨船ピークォド号に乗り組んだ。船長エイハブの片脚を奪った巨大な白いマッコウクジラ〝モービィ・ディック〟への復讐を胸に、様々な人種で構成された乗組員たちの、壮絶な航海が始まる！

百物語の怪談史

東　雅夫

怪談、百物語研究の第一人者が、古今東西の文献から掘り起こした、江戸・明治・現代の百物語すべてを披露。多様性や趣向、その怖さと面白さを網羅する。怪談会の心得やマナーを紹介した百物語実践講座も収録。

ずっと、そばにいる
競作集〈怪談実話系〉

京極夏彦、福澤徹三、加門七海、平山夢明、岩井志麻子 他　編／幽編集部　監修／東　雅夫

怪談専門誌「幽」で活躍する10人の名手を結集した競作集。どこまでが実話でどこから物語か。虚実のあわいを楽しむ〝実話系〟文学。豪華執筆陣が挑んだ極上の恐怖と戦慄を、あなたに！

そっと、抱きよせて
競作集〈怪談実話系〉

辻村深月、香月日輪、藤野恵美、伊藤三巳華、朱野帰子 他　編／幽編集部　監修／東　雅夫

田舎町で囁かれる不吉な言い伝え、古いマンションに漂う見えない子供の気配、霧深き山で出会った白装束の男たち――。辻村深月、香月日輪、藤野恵美をはじめ、10人の人気作家が紡ぎだす鮮烈な恐怖の物語。

きっと、夢にみる
競作集〈怪談実話系〉

中島京子、辻村深月、朱野帰子、小中千昭、皆川博子 他　編／幽編集部　監修／東　雅夫

幼い息子が口にする「だまだまマーク」という言葉に隠された秘密、夢の中の音に追いつめられてゆく恐怖……ふとした瞬間に歪む風景と不穏な軋みを端正な筆致で紡ぐ。10名の人気作家による怪談競作集。